Wenn einer eine Reise tut ...
...so kann er was erzählen

Meiner ebenso begeisterungsfähigen wie furchtlosen und genügsamen – und daher beinahe idealen – Urlaubspartnerin.

Herbert Ludwig

Wenn einer eine Reise tut ...
...so kann er was erzählen

Bibliografische Information der Deutschen Nationalbibliothek
Die Deutsche Nationalbibliothek verzeichnet diese Publikation in der
Deutschen Nationalbibliografie; detaillierte bibliografische Daten
sind im
Internet über http://dnb.d-nb.de abrufbar.

© 2009 Herbert Ludwig
Herstellung und Verlag: Books on Demand (BoD) GmbH,
Norderstedt
ISBN 978-3-8391-0657-0

Inhalt

Völkerverständigung

Es war kurz nach dem Zusammenbruch der DDR, da bekam ich einen Anruf von einem ehemaligen Semesterkollegen, der zum Leiter der Abteilung Geodäsie im neu gegründeten Geoforschungszentrum (GFZ) in Potsdam avanciert war. „Hättest du Lust in den Pamir zu fahren" war seine ohne große Einleitung vorgetragene Frage. „Bin schon unterwegs" war meine ebenso kurze Antwort. Das war nun freilich schlichtweg gelogen, denn dem standen massive eheliche Konsultationen im Wege. Erstens hatten wir erst vor kurzem beschlossen im Sommer nach Schottland zu fahren, was damit hinfällig würde und zweitens war zu dieser Zeit die eheliche Luft gerade wieder einmal ziemlich frostig.

Wenn ich auch eine ganze Reihe von Änderungswünschen an meiner Frau hätte – das muss ich unumschränkt zugeben, sie hat ein gutes Gespür dafür, wann etwas ernst ist und man kleinliche Geplänkel für den Moment einfach vergessen muss. Immerhin hatte ich schon einmal, noch vorehelich auf eine alpine Expedition ihr zuliebe verzichtet, was mir damals immens schwer gefallen war. „Also gut, fahr zu. Aber, sag mal, kann ich da eigentlich nicht wenigstens für 1-2 Wochen mitkommen?" Das konnte ich ihr zumindest vorerst nicht beantworten. Ich wusste ja selbst nicht einmal genau, was da eigentlich vorgesehen war und worin meine Tätigkeit bestehen sollte.

Wie sich aus entsprechender Nachfrage ergab, sollten wir in Mittelasien – Usbekistan, Kasachstan und Kirgistan – in einem Bereich von ca. 500x1000 km auf ausgewählten und bereits markierten Punkten Satellitendaten sammeln, die dann für die Koordinierung der Punkte nach Lage und Höhe dienen sollten. Das solchermaßen geodätisch zu erfassende Gebiet erstreckte sich über mehrere Verwerfungszonen und das Ziel der ganzen Kampagne war, durch in bestimmten zeitlichen Abständen durchgeführte Wiederholungsmessungen tektonische Veränderungen unserer Punkte festzustellen und somit ggf. eine Erdbebenvorhersage treffen zu können.

Um es vorwegzunehmen, sie ist nachgekommen, meine Frau – aber das ist eine separate Geschichte.

Wir haben schon ¾ unserer Kampagne hinter uns, mein Trupp hat einen Wüstenpunkt in Kasachstan und dort ein seltenes Wüstengewitter überstanden, das nächste Unwetter hat uns oberhalb des Issykkul-Sees in Kirgistan überrascht, ich habe herbe, unwirtliche Landschafts-Szenerien gesehen und habe mich an lieblichen Obstbaum bestandenen Tälern gefreut. Wir sind freundlichen, einfachen Menschen und vollgefressenen korrupten Straßenpolizisten begegnet. Und nun haben wir einen Punkt auf halber Höhe eines Gebirgsrückens nahe der Stadt Osch im kirgisisch-tadschikischen Grenzgebiet auf unserem Programm. Es war eine lange und strapaziöse Fahrt gewesen, über holprige Passstraßen, vorbei an friedlichen Jurten und bedrohlich über der Straße hängenden Felsformationen, wir haben nötige Einkäufe auf dem Bazar von Osch getätigt und der Westeuropäer war einmal mehr begeistert von den Gerüchen der Gewürze, der Farbigkeit der Gewänder und dem dunklen Teint der Frauen, der Vielfalt des Angebots und der Heiterkeit, in der versucht wurde, die Ware an den Mann zu bringen.

8

Es ist 22 Uhr als wir unserem erbarmungswürdig stöhnenden russischen Kleinbus auf ca. 2000 m seine wohlverdiente Ruhe gönnen. Während meine beiden Begleiter, ein Russe und ein Kirgise, sich daran machen, die Zelte zu platzieren, was bei dem abschüssigen Terrain gar nicht so einfach ist, und noch etwas für die Befriedung des Hungers zu komponieren, installiere ich die Empfangsantenne auf dem in eine Felsplatte eingelassenen Messingbolzen, den ich unter einem unauffälligen Steinhaufen gefunden habe. Bis ich den Empfänger programmiert und gestartet habe und die ersten Satellitensignale registriert werden, sind auch die Präparationen für das Abendessen weitgehend abgeschlossen. Es ist zwar empfindlich frisch, aber der klare Sternenhimmel über und die dunklen Silhouetten der Bergkämme hinter uns und uns gegenüber auf der anderen Seite des Tales entschädigen für das stundenlange Durchgeschütteltwerden im Benzindampf des nicht ganz dichten Reservefasses, das wir mit uns herum fahren.

Anderntags werde ich von Stimmen und dem Geräusch von Pferdehufen geweckt. Es sind Bauern, die noch in der Dämmerung mit ihren kleinen, berggängigen Ponys bis auf 3000 m hinauf zur Heuernte reiten. Es sind freundliche und fröhliche Menschen, die uns hier allmorgendlich begegnen. Tagsüber wandere ich einmal hinauf in ihre Region, abends laden sie uns ins Tal hinunter ein in ihre Hütte. Ich möchte lieber nicht wissen, was ich da verspeist habe, aber ich gehe davon aus, dass es geräucherte Hammelhoden waren, weil sie sich gar so darüber amüsiert haben, wie ich wohl darauf reagieren würde. Geschmeckt hat es jedenfalls hervorragend. Und am folgenden Morgen überraschen sie mich bei ihrem Vorbeiritt damit, dass sie mich unbedingt auf eines ihrer Pferde setzen wollen. Vermutlich haben das meine beiden Begleiter arrangiert, weil sie sich so besonders darüber freuen. Und ich freue mich auch. Es ist wahrhaftig fantastisch, mit welcher Sicherheit diese kurzbeinige Pferderasse sich auf diesem steil aufwärts führenden, rauen Felspfad bewegt!

Die uns gegenüberliegende Seite des Tales bildet ein stark strukturiertes Bergmassiv, in das eine auffällige wilde Schlucht eingeschnitten ist. Das ruft Visionen à la Karl Mays „Durchs wilde Kurdistan" hervor – und da muss ich unbedingt hin.

Ich sage meinen Begleitern, dass sie sich nicht wundern sollten, wenn ich morgen Früh verschwunden sei. Sie sind alles andere als begeistert, versuchen mich mit Horrorszenarien umzustimmen, indem sie mit rollenden Augen die Kehle-Durchschneiden-Gebärde vollführen. Aber das ist ja nicht das erste Mal, dass ich auf diese Weise von meinen Ausflügen abgehalten werden soll.

Kurz nach 5 Uhr krieche ich aus meinem Schlafsack, eine Trinkflasche und ein bisschen Proviant habe ich schon am Abend in meinem Rucksack verstaut. Ein kühler Morgenwind begleitet mich auf meinem raschen Abstieg im pastellenen Licht des frühen Tages. Ich bin schon beinahe im Talgrund, als mir plötzlich ein sowohl grimmig als auch gefährlich aussehender Typ in irgendeiner undefinierbaren Uniform gegenübersteht. Besonders unfreundlich wirkt die Kalaschnikow, die er gegen mich gerichtet hält. Vielleicht habe ich die Warnungen meiner beiden Begleiter doch etwas zu sehr auf die leichte Schulter genommen?

Was er da an mich hinblafft, ist eindeutig russisch. Eigentlich, so habe ich gedacht, haben die hier doch gar nichts mehr verloren, zumindest nicht in Uniform. Kirgistan ist schließlich seit dem Zusammenbruch der Sowjetunion ein eigenständiges Land. Ich versuche ihm zunächst mittels Zeichensprache klar zu machen, dass ich nichts als ein kriegs-uninteressierter Wanderer sei, den die drüberhalb des Tales klaffende Schlucht reizt. Er aber will ganz offensichtlich gar nicht verstehen, sondern fuchtelt nur immer wieder mit seinem Schießeisen vor mir herum. Jetzt versuche ich es doch auf sprachlicher Basis. Englisch, Deutsch, Französisch, womit ich mich einigermaßen verständigen könnte, prallen an ihm ab, als hätte ich einen Löwen solchermaßen davon abbringen wollen, mich zu fressen. Von unseren Kletterausflügen in die Dolomiten habe ich ein dürftiges Repertoire an italienischen Brocken angesammelt. Als ich diesen meinen letzten Strohhalm gegen seine Kalaschnikow schleudere, meine ich eine gewisse Entspannung in seinem finsteren Gesicht zu bemerken, die Maschinenpistole senkt sich sogar ein wenig nach unten. Dadurch ermutigt krame ich meine 6 Spanisch-Wörter zusammen und versuche daraus etwas leidlich Verständliches zu konstruieren. Da geschieht ein Wunder: Der grimmige Wegelagerer schmeißt sein Schießgewehr ins Gras und stürzt mit offenen Armen auf mich zu. Ich denke nur noch, die Patronen sind ihm zu schade, jetzt will er mich erwürgen. Aber er umarmt mich tatsächlich, küsst mich auf beide Wangen und stammelt dabei ebenfalls spanisch klingende Laute. Des Rätsels Lösung: Er war damals, als der Kreml die USA mit Raketenbasen auf Kuba an den Rand eines Krieges brachte, einige Zeit auf dieser Insel stationiert und so palavern wir fröhlich miteinander, indem ich, um etwas Abwechslung in das Gespräch zu bringen, in unterschiedlicher Reihenfolge meine 6 Worten zum besten gebe und er mit seinem Sprachschatz von etwa 10 Worten dagegen hält. Wobei „amigo" uns glücklicherweise beiden geläufig ist. Eine letzte heftige Umarmung und er lässt mich meiner Schlucht entgegen ziehen.

P.S. Auch in der Schlucht hat mir niemand die Kehle durchgeschnitten. Aber sie war so wild-romantisch, wie ich sie erwartet hatte. Klares, kühles Wasser, ein versteckter Pfad, bei dem man auch einmal die Hände aus den Hosentaschen nehmen musste, wenn die Felswände bis ans Wasser reichten und noch eine Begegnung: An einem einsamen Zelt stieß ich auf Berufskollegen, zwei Männer der kirgisischen Landesvermessung. Und zwei Jahre später hatte ich deren Leiter bei mir zu Gast. Sie ist – in der Tat – klein, diese Welt!

Unverhoffte Beute

Der Urlaub war heuer aus mehreren Gründen ausgefallen. Und nun sollte – nein, durfte ich – zu einem Symposium, das unseren Sonderforschungsbereich unmittelbar betraf, nach Oxford. Anfang Oktober! Das war durchaus eine Zeit, wo ich noch ein paar Tage Schottland für mich einplanen konnte.

Als ich meiner Frau die Idee unterbreitete – in den gleichen Worten, „ein paar Tage", obwohl sich konkret 14 Tage in meinem Kopf bereits verwachsen hatten – reagierte sie zunächst indifferent. Am Abend fragte sie dann unvermittelt: „Und wie willst du da hinkommen?" „Mit dem Auto" gab ich zur Antwort. „Das finde ich aber nicht gut. Du weg und das Auto weg – und wenn ich zum Kinderarzt muss?"

Wenn ich die „paar Tage" wirklich in 14 Tage umformulieren wollte, musste ich wohl oder übel ein gut riechendes Handtuch in den Ring werfen. „Gut", sprach ich also, „dann fahre ich nach Oxford mit dem Zug und werde halt versuchen per Anhalter weiterzukommen." **Versuchen** weiterzukommen, war gut. Man konnte mich förmlich abgemagert seit Tagen am Straßenrand stehen sehen. – Kunstpause – . „Da brauche ich aber dann entsprechend länger. Da muss ich mindestens 14 Tage einplanen."

Das parfümierte Handtuch wirkte. Es gab keine ernsthafte Gegenwehr.

Schwer fiel es mir trotzdem. Ich hatte mich schon an einsamen Gestaden gesehen, mein Zelt oberhalb einer Klippe, die Angelausrüstung erfolgreich an die Firststange gelehnt, den fetten Fisch in der Pfanne auf meinem großen Campingkocher, hinter mir das steil aufragende Küstengebirge, in das ich am nächsten Tag einen Vorstoß unternehmen wollte, vorsichtshalber mit einem angemessenen Quantum an Kletterausrüstung im Rucksack – und vor allem ausreichend festem und flüssigem Proviant, verstaut in geräumigen Kartons in meinem Auto.

Jetzt hieß es also akribisch zu planen, schmerzhafte Abstriche an der Ausrüstung zu machen, ohne den Traum vom kletternden Angler im Zelt völlig aufgeben zu müssen. Die Idee mit dem „Per Anhalter" Reisen hingegen, versprach einen zusätzlichen Schuss Abenteuer. Wir wohnten damals in München ganz in der Nähe der Autobahneinfahrt Richtung Stuttgart. Und da bin ich oft genug leicht frustriert nach Hause gekommen, wenn ich – von der Arbeit kommend – in der Verdistraße einen Anhalter aufgegabelt und ihn das letzte Stück bis zu Autobahn mit hinaus genommen hatte. Die kamen dann gerade aus Persien und waren auf dem Weg nach Portugal oder so ähnlich! Offenbar ging so etwas.

Meine Frau verwöhnte ich noch mit einer herrlichen Herbstwanderung auf dem Höhenrücken vom Eckbauer nach Klais bei Garmisch, abends verspeiste ich die dabei gesammelten köstlichen Waldchampignons und um 22 Uhr saß ich im Zug nach Oostende. Im Gepäcknetz über mir lagerte ein Koffer, ein kleines Einmannzelt, ein Schlafsack und ein Rucksack, der jeden Moment zu platzen drohte. Er enthielt neben einem Minimum an passender Kleidung für alle Wetter-Variationen einen kleinen Gaskocher, eine Alupfanne und zwei Töpfe gleichen Materials, einen Plastikbecher, ein 30 m langes 5mm Seil

14

und was halt ohnehin in einen Rucksack gehört, vom Taschenmesser über die Taschenlampe bis zur Trinkflasche und einen Grundbestand an Trockennahrung

Das Symposium, das die Stationsbestimmung mittels Satelliten zum Thema hatte, war informativ und ich traf alte Bekannte von vorausgegangenen Kongressen und konnte neue Kontakte knüpfen. Außerdem begeisterte mich die Leichtigkeit der englischen Organisation im Vergleich mit der Regulationsversessenheit deutscher Veranstaltungen.

Am Ende der Woche verstaute ich meinen Anzug im Koffer und hinterließ denselben in der Obhut des Studentenwohnheims, in dem wir untergebracht waren. Um 5 Uhr morgens schlich ich mich dann in Jeans und Pullover, beladen mit meinem Rucksack und den Überlebensutensilien, hinaus auf die Straße, wanderte noch bis zur nächsten Kreuzung, um dem Blickfeld etwaiger Kollegen zu entfliehen – und hob den Daumen. Bereits der dritte Wagen hielt und verhalf mir wenigstens zu einem Start in die angepeilte Richtung. Das war viel wert, denn inmitten einer Stadt zu trampen, war nicht ganz ohne Risiko: In Birmingham passierte es mir. Ein nettes hübsches Mädchen reagierte unerwarteter Weise auf mein Winken, wir bugsierten mein Expeditionsgepäck mit einiger Mühe auf den Rücksitz ihres zweitürigen VW Käfers, ich nahm freudestrahlend neben ihr Platz und dann fragte sie mich, wo ich eigentlich hin wolle. Als ich es ihr sagte, schaute sie zunächst etwas irritiert, dann lachte sie heraus. „Good gracious, man, you're on the wrong side!"

Diese Art des Reisens gab meiner Unternehmung in der Tat einen ganz eigenen Charakter. Meine Befürchtung, dass man mich eventuell scheel anschauen würde, wenn

ich – falls eine solche Frage gestellt würde – zur Antwort
gäbe, dass ich gerade von einem wissenschaftlichen
Kongress käme, war vollständig unbegründet und es fiel
plötzlich jeder zeitliche Drang von mir ab. Natürlich hatte ich mir bis zum Abend ein bestimmtes Ziel gesteckt,
aber es war absolut bedeutungslos, ob ich es tatsächlich
erreichte. Wenn ich, was äußerst selten geschah, einmal
länger als eine Stunde warten musste, bis sich jemand
meiner erbarmte, so rief das nach dem zweiten Tag keinerlei Frust mehr in mir hervor. Das Wetter meinte es gut
mit mir – was wollte ich noch mehr? Und – ich hatte
herzerfrischende Unterhaltungen! Da war z.B. der wahrlich schottisch artikulierende Schotte, den ich lange Zeit
als Dichter bewunderte, weil ich sein „I'm making in
poultry" als poetry interpretierte. Oder der Lastwagenfah-
rer, mit dem ich gute 5 Stunden unterwegs war und der
sich als wahrer Philosoph entpuppte, der zuhause klassi-
sche Musik am Klavier spielte, über Religion nachdachte
und als einziger nachfragte, über was denn der Kongress
gegangen sei, um mich dann mit immer detaillierteren
Fragen zur Thematik zu überraschen. Ob er denn ein ver-
kappter Mathematiker sei, wollte ich wissen. Nein, das
nicht, aber Mathematik sei sein Hobby, war sein schlich-
tes Bekenntnis.

Und dann stand mein kleines Zelt hundert Meter oberhalb eines Passes, an dem mich eine freundliche und um
mein Wohlbefinden besorgte Anglerin bei einbrechender
Dunkelheit abgesetzt hatte. Ob ich denn nicht Angst hätte
so ganz allein da heroben, Angst im Allgemeinen und
Angst zu erfrieren im Besonderen? Oder der malerische
Fleck neben einem klaren Wiesenbach, wo mein Frühstück am zweiten Morgen aus Forelle mit Kartoffelpüree

zum Kaffee bestand, weil ich kein Brot mehr hatte und wo ich 20 km laufen musste, um wieder eine befahrene Straße zu erreichen. Oder die fantastische Vollmondnacht in den Bergen, wo mich ein kopfschüttelnder Autofahrer oberhalb eines im Mondlicht glänzenden Sees nur zögerlich entließ. Leider waren die Weiden rechts und links der Straße eingezäunt. Als ich auf das schemenhaft im Schatten liegende Gehöft zuging, um die Erlaubnis zu erbitten, mein Zelt aufstellen zu dürfen, hörte ich, wie der Bauer gerade unflätig auf seine Frau einschrie. Als ich mich bemerkbar machte und ihm die Frage stellte, ob ich ihm zwei Fragen stellen dürfe, brach er abrupt sein Geschrei ab und sagte, ich könne auch drei Fragen stellen. Und als ich meine Bitte vorgebracht hatte, unter dem großen Baum auf seiner Weide mein Zelt aufschlagen und dann noch seinen Fischen im See ein wenig nachstellen zu dürfen, da meinte er, ich sei herzlich willkommen und könne auf seinem Areal tun und lassen, was immer ich wolle – um dann unvermittelt und unvermindert wieder auf seine arme Frau einzuschreien.

Ich war bereits wieder auf dem Weg Richtung Süden. Ein freundlicher, distinguiert wirkender Herr in einem Nobel-Fiat mit Mahagoni Interieur hatte mich aufgenommen. Er hatte ein Motorboot im Schlepptau und fuhr selten schneller als 30. Das hätte mich vor 14 Tagen noch wahnsinnig gemacht – jetzt genoss ich das langsame Vorbeigleiten der Landschaft, die gepflegte Unterhaltung und eine mannigfaltige Kollektion an Cassetten mit klassischer Musik. Als er an einem Kreisel nach Westen abbog, entließ er mich mit den besten Wünschen und bedankte sich für die unterhaltsame Stunde mit mir.

Es war kurz nach Mittag, die Sonne hatte die Oberhand über anfängliche Wolken gewonnen und es war erstaunlich warm für die Jahreszeit. Ich genehmigte mir eine kleine Brotzeit aus meinem Rucksack und vertrat mir ein wenig die Beine. Zwischen zwei aus dem Kreisel herausführenden Fahrbahnen erstreckte sich dichtes Gebüsch. Ein einziges Auto war bisher aufgetaucht. Der Fahrer winkte mir bedauernd und deutete an, dass sein Ziel gleich hier in der Nähe sei. Also wanderte ich noch ein bisschen auf und ab und freute mich des immer besser werdenden Wetters. Da hörte ich plötzlich ein Geräusch aus der Hecke, ein, wie mir schien, unkontrolliertes Flattern oder Schleifen. Ich pirschte mich vorsichtig näher heran. Jetzt war nichts mehr zu hören. Ich verhielt mich still und rührte mich nicht vom Fleck. Da ging es wieder los. Das hatte man schließlich bei Karl May gelernt: Bewege dich nur, wenn sich auch dein Gegner bewegt. Es dauerte eine Weile, bis ich mich auf diese Weise bis an den Rand des Gebüschs herangeschlichen hatte. Dann konnte ich ihn im Dunkel des Gesträuchs erkennen, als er wieder seine Flügel bewegte: Ein herrlich bunter Fasan!

Der latent in mir schlummernde Jagdinstinkt brach sich mit einer Adrenalinfahne Bahn – dann gewann Vernunft die Oberhand. Wenn es mir wirklich gelingen sollte unter Missachtung meiner Schönheit – denn das dichte Unterholz würde meine Gesichtshaut nicht unbeschadet lassen – das offensichtlich verletzte Tier in meine Greifarme zu bekommen, blieb die Frage: Was sollte ich mit meiner Jagdbeute anfangen? So ein Vieh gehört zelebriert, langsam im Ofenrohr knusprig gebraten, mit Bananen, Orangen, Trauben und eventuell Kastanien garniert! Einen Fasan kochen – das ging mir gegen meine Gourmet-

Vorstellung. Davon abgesehen, dass ich nicht einmal einen Topf gehabt hätte, der groß genug für diesen prachtvollen Vogel gewesen wäre. Aber nur massakrieren um des Massakrierens willen, das war mir auch nicht gegeben. Andererseits war es eine Sünde, sich eine solche Gelegenheit entgehen zu lassen. Im Übrigen war es schiere Christenpflicht, den armen Kerl zu erlösen, der ansonsten – vermutlich angeschossen – jämmerlich zugrunde gehen müsste.

Da hörte ich, den Kopf tief im Gebüsch, das Brummen eines Lasters. Er war gerade dabei, in den Kreisel einzufahren. Ich wedelte aufgeregt mit beiden Armen – das war unmissverständlich nicht die Geste eines Trampers. Der lorry-driver setzte den Blinker für die Richtung, in die auch mein letzter Chauffeur entschwunden war, fuhr noch aus dem Kreisel aus und parkte dann sein Gefährt am Straßenrand. Er kurbelte das Fenster herunter, ein gutmütiges, wohlgenährtes Gesicht erschien: „What's the problem, lad?"

Ich lief zu ihm hinüber und berichtete ihm von meiner Entdeckung. Die Gutmütigkeit machte schlagartig einem entschlossenen Wildererausdruck Platz, der massige Ringertyp glitt wie eine Katze aus seinem Führerhaus, schlich behände zu der von mir angegebenen Stelle, dann verhoffte er kurz, blickte noch einmal sichernd um sich – weit und breit war niemand zu sehen. Er tauchte in das Gebüsch wie ein Otter ins Wasser. Ich erahnte mehr als dass ich es sah, wie er dem Vogel gekonnt den Hals umdrehte, dann entstieg er wieder dem Strauchgewirr. Den Fasan barg er mit unschuldiger Miene unter seinem Hemd, er blinzelte mir Erfolg verkündend zu und schritt in vornehmer Gangart zu seinem Lastwagen. Als er wieder hinter dem Steuer Platz genommen hatte, beugte er sich noch einmal aus dem Fenster und flüsterte mir verschwörerisch zu: „Thanks my friend! And – you didn't see nothing, no? Have a good trip!"

Man konnte seinem Gesicht ansehen, wie er geistig bereits mein Rezept mit den Bananen und Kastanien umsetzte. Dann hüllte er mich in eine gigantische Dieselwolke ein.

Nächtliche Nachbarschaft

Alaska! Wem würden bei diesem Namen nicht unmittelbar Bilder von Chilkoot Pass, Klondike und Yukon River vor dem geistigen Auge erscheinen, von Grizzly Bären, meterhoch springenden Lachsen und gewaltigen Elchbullen, vom einsamen Reiter mit der Winchester im Futteral und dem Packpferd im Schlepptau, dem Canoe vor der Log Cabin am unberührten, klaren See und eisbepackten Bergen im Hintergrund. Nun gut, mancher mag Alaska gleichsetzen mit wegen der beißenden Kälte pelzvermummten Gestalten, es mag ihn schütteln bei dem Gedanken, dort Urlaub machen zu müssen. Dabei liegt Anchorage auf dem gleichen Breitengrad wie Oslo oder Helsinki. Ich gönne dem Geschüttelten seinen Sonnenbrand auf Florida, Jamaica oder Costa Rica. Für mich war diese nördliche Region, wegen all der oben genannten Gründe, ergänzt um die unglaubliche Aussicht, keinen sonnenanbetenden Neckermännern zu begegnen, ein Traum mit hoher Wunschintensität.

Und jetzt saßen wir tatsächlich in einer Maschine der British Airways mit Ziel Vancouver. Die Realisierung meines Wunschtraums verdanke ich in hohem Maße unserem Sohn. Ihn hatte es schon zur Fertigstellung seiner Diplomarbeit nach Amerika gezogen. Jetzt bastelte er in Vancouver an seiner Dissertation. Der väterliche Wunschtraum wurde dorthin übermittelt, verbunden mit der Bitte, sich einmal umzuhören, wo und wie man einen günstigen Camper mieten könne. (Den Winchester bewehrten einsamen Reiter, nicht nur mit einem Packpferd sondern auch mit meiner Frau im Schlepptau, hatte ich mir realistischer Weise abgeschminkt). Die Antwort ließ einige Zeit auf sich warten und war dann einigermaßen deprimierend: Camper zu mieten sei grundsätzlich nicht ganz billig, wenn aber der Verleiher Alaska höre, dann habe das auf den Mietpreis eine geradezu verheerende Auswirkung. Also ging eine überarbeitete väterliche Bitte auf die Überseereise: Er solle doch einmal schauen, ob er nicht einen Gebrauchten zu einem erschwinglichen Preis kaufen könne, der Vater würde die Finanzierung übernehmen und er hätte ihn dann vor und nach der Wunschtraumerfüllung zur Verfügung.

Erst im Nachhinein ist mir klar geworden, was für eine Verantwortung ich ihm da aufgelastet hatte. Aber schließlich haben wir beide davon profitiert. Er fand einen in Eigenregie ausgebauten Chevrolet, der mit 5500 kanadischen Dollar wahrlich nicht überbezahlt war und nach den ersten Probe-Wochenenden erreichte uns der Bericht, er sei stark wie ein Russe und saufe auch wie ein solcher. Weshalb er nun auf den Namen Igor höre.

Wir kannten Vancouver schon von unserer Canada-Episode in den 60er Jahren her und wussten daher um die einzigartige Schönheit der Lage dieser Stadt. Fantastische fjordähnliche Küsten, denen hoch aufragende Gebirge entstiegen. Aber auch das Stadtleben hatte sich seit unserem ersten Kennenlernen verändert. Vancouver war schon immer ein multikultureller Schmelztiegel, aber das hatte sich inzwischen noch einmal um Dimensionen gesteigert.

Nach drei Tagen Wiedersehen-Feiern, Proviantstapelung, Erwerb eines Sprays für allzu neugierige Bären und entsprechende Einweisung in die Geheimnisse unseres mobilen Heimes starteten wir mit großer Freude und Spannung auf die folgenden Wochen.

Der Norden Nordamerikas ist beileibe nicht gleichbedeutend mit dem US-Staat Alaska – aber das ist mir eigentlich egal. Tatsächlich bewegt man sich auf der Hauptverkehrsader Richtung Norden bereits auf einer „Alaska-Highway" benannten Route, obwohl man sich noch mindestens 2000 km auf kanadischem Territorium befindet, die Provinz British Columbia reicht bis knapp unterhalb Whitehorse, daran schließt sich der Yukon, der den 70. Breitengrad minimal verfehlt..

Vorerst bewegen wir uns durchaus noch durch bevölkerte Landstriche, trotzdem findet man immer einen einsamen Bach, Fluss oder See für das Mittagspicknick. Und – daran muss ich mich allmählich gewöhnen – man findet **nicht** überall eine Tankstelle. Da heißt es immer ein wachsames Auge auf die Anzeige zu haben und beizeiten vorzusorgen. Die waldreiche Landschaft, die tief eingegrabenen Canyons von Thompson und Fraser River und die bis an die 4000m Grenze aufragenden Berge im Mount Robson National Park lassen mein Herz bis zum Anschlag schlagen. Beinahe darüber hinaus schlagt es dann, als ich in dem Flüsschen mit dem treffenden Namen „Clearwater" vier wunderschön gezeichnete Forellen erbeute. Ein traumhaft samtener Tagesausklang bei Klarinetten Musik von Stamitz, kalifornischem Chardonnay und dem stolzen Gefühl seine Paarungpartnerin mit den reichen Gaben der Natur versorgen zu können – kann das Leben noch schöner sein?

Einerseits kaum, andererseits doch – vielleicht anders schön. Und an Vielfalt von Schönheit und Erleben, Überraschungen und Faszination hat es wahrlich keinen Mangel. Da ist zum Beispiel die Kaffeepause am Holmes River, die ich dazu nutze, neuerlich meine Angel nach silbrigen Beutetieren auszuwerfen, während die Paarungspartnerin am gegenüberliegenden Ufer lustwandelt. Plötzlich sehe ich sie wild gestikulierend an einer für mich nicht einsehbaren Flussbiegung auf und ab hüpfen und entnehme ihrer indianischen Zeichensprache, dass sich bei ihr drüben Walfische tummeln, die auch noch meterhoch aus dem Wasser springen. So recht kann ich das nicht glauben, aber nachdem sich bei mir noch nicht einmal ein Stichling für meinen Blinker interessiert hat, laufe ich doch zur Straßenbrücke zurück und wechsle zum anderen Ufer. Und da sind sie tatsächlich, nicht die Walfische, aber monströs große Lachse, die vor unseren Augen versuchen, eine gewaltige Stromschnelle zu überwinden. Zeitweise liegen sie für einen Moment, wenn sie es nicht ganz geschafft haben, auf einem umgischteten Felsen direkt unter dem Vorsprung, auf dem ich stehe und von dem aus ich dem Schauspiel fasziniert zusehe und ich muss mich schwer beherrschen, dass mein Jagdblut nicht mit mir durchgeht und ich mit dem Messer zwischen den Zähnen hinunter springe. Vor lauter Begeisterung beschließen wir gleich, uns ein bisschen weiter flussauf einen Platz für die Nacht zu suchen. Wir finden auch einen, mit Feuerstelle, Tisch und Bänken wenige Meter vom Wasser entfernt – und wir sind allein! Nur ein besorgter Ranger kommt am Abend vorbei und weist uns daraufhin, dass wegen der großen Trockenheit, das Feuermachen zur Zeit leider nicht erlaubt sei. Wobei das „leider" ernst gemeint ist, wirkliches Bedauern über den Abstrich an der Wildwest-Romantik zum Ausdruck bringt. Das T-bone Steak mit einem Merlot aus dem

Okanagan Valley, dazu Country music aus dem Autoradio unter Sternenhimmel lassen uns aber trotzdem innerlich feiern.

Ein herrlicher Morgen begrüßt uns, das frische, klare Wasser vor uns, im Hintergrund die Berge und bei aller Morgenkühle die Ahnung des warmen Spätsommertages. Am grünen Bowron River finden wir ein traumhaftes Plätzchen im Schatten der Uferbäume und während wir unser Mittagsmahl zelebrieren, schwebt plötzlich ein dicker schwarzer Bär über die Böschung des gegenüberliegenden Ufers. Nein, ich habe mich nicht in der Wortwahl vergriffen, das ist eine so unglaubliche, grazile Leichtigkeit, mit der dieses riesige Tier den steilen Schotter überwindet, nein, es so erscheinen lässt, als gäbe es da gar keine Steilheit.

Jetzt, nördlich von Prince George, beginnt wirklich die wilde Einsamkeit, wir begegnen zwei Schwarzbären direkt neben dem Highway, die uns keines Blickes würdigen. Zu meinem großen Erstaunen fressen sie Gras! Fressen Gras wie Kühe und meine Frau, die ihnen aus dem halbgeöffneten Autofenster zugesehen hat, sagt, geschmatzt hätten sie wie Schweine. An einem See begegnen wir einem Weißen, der uns erzählt, dass er mit einer Indianerin verheiratet sei und auf diese Art auch die gleichen Fisch- und Jagd-Rechte wie die Indianer genieße. Mit seinem Wasserflugzeug, das er versteckt in einer kleinen Bucht geparkt hat, fliegt er zu ansonsten nicht erreichbaren Seen und er schwärmt uns von den reichen Fischbeständen vor, von Seeforellen mit einem Gewicht von 20-30 Kilo, die er direkt vom Flugzeug aus angelt. Und im Herbst kommt er dann auch einmal mit einem Elchbullen nach Hause!

Während wir uns anfangs meist noch an Campgrounds gehalten haben, suchen wir uns unsere Nachtquartiere jetzt grundsätzlich selbst und allein dieses Auswählen des Platzes, an dem dann alles zusammenstimmt, abseits des Highways, in Wassernähe mit Ausblick auf eine gebirgige Kulisse, ist eine äußerst reizvolle Beschäftigung. Die Morgen sind kalt, Nebel liegt über dem Fluss oder See und die ersten Sonnenstrahlen malen großartige Lichtepisoden auf die Wasserfläche und restliche Nebelnester. Fürs Frühstück hat sich der Himmel aber meist schon mit einem strahlenden Blau eingekleidet und die Sonne zaubert warme Farben auf Berge, Wasser und Wald. Zwischen Whitehorse und Dawson City – was für sehnsuchtsdurchtränkte Namen! – flackert auch einmal Nordlicht über den sternfunkelnden Himmel.

Ja, Dawson! Es gibt keine asphaltierten Straßen, ob aus Nostalgie oder, weil sie den nächsten Winter sowieso nicht überstehen würden, weiß ich nicht. Jedenfalls gibt es diesem Platz erst das richtige Fluidum. Vor allem, wenn es ein bisschen geregnet hat! Man kann sich den Revolvermann mit dem tief ins Gesicht gezogenen Stetson lebhaft vorstellen, wie er die Straße heruntergeritten kommt, seinen Mustang vor dem Saloon parkt und Revolver behängt die Holztreppen hinauf steigt. Der alte Wilde Westen scheint real dann und wann noch durch, wenn wir an einer Bank, einem Post-Office oder einer Tankstelle ein Plakat entdecken mit der Überschrift „Wanted" – und darunter ein, zwei, drei oder auch vier Galgenvogel-Visagen, fett gedruckt dann die Belohnung für dienliche Hinweise, die zur Ergreifung der Abgebildeten führen würden. Eher nebenbei wird schließlich

davor gewarnt, dass die Burschen mit Schusswaffen bestückt und gefährlich seien.

Im Yukon River bin ich wieder einmal mit der Angel
erfolgreich: Eine Forelle und drei Arctic Graylings, ein
exzellenter Fisch, der die Forelle noch um einiges über-
trifft. Dann heißt es klettern für unseren Igor, hinauf bis
auf knapp 1300 m, und auf dieser Höhe verläuft der „Top
of the world Highway" eine ganze Weile. Es ist nicht
wirklich die Meereshöhe, die bei der Namensgebung Pate
gestanden hat, es ist der Eindruck: Man befindet sich
deutlich über der Baumgrenze, der Blick schweift ungehindert über wildes, weites Land ohne das geringste Anzeichen menschlicher Anwesenheit und die Straße folgt
weitestgehend dem Kammverlauf. Ein ständiger Wechsel
zwischen gleißendem Sonnenlicht und weißen Nebelfel-
dern über tauverzauberten Grashalmen am Straßenrand
und windgeprüften Zwergbäumen an den kargen Hängen.
Schließlich die Alaska border! Die Grenzkontrolle des
US-Customs verläuft ausnehmend freundlich, weder
nach Autopapieren noch nach Alkoholika wird geforscht,
sondern wir werden über Deutschland ausgefragt. Und
bekommen einen wunderschönen Stempel in unseren
Pass!

Der Denali Highway ist sozusagen der umgekehrte Top
of the world: Die gleiche Unendlichkeit und Ursprüng-
lichkeit, jetzt aber wird die wilde Weite gesäumt von
rassigen Bergketten. Und die Straße ist eine Schotterpiste. Da kommt man schnell einmal ins Schlingern und die
Geschwindigkeitsbegrenzung macht hier wirklich Sinn.
Nachdem das Camping Kontingent im Denali Park erschöpft ist, suchen wir uns außerhalb einen Nachtplatz
und der Morgen beschert uns den raren Anblick des

höchsten Berges Nordamerikas in prächtiger Klarheit. Mt. McKinley, einer der vielen unerfüllten Träume meiner Jugend – wenigstens habe ich dich einmal mit eigenen Augen gesehen!

Und dann sind wir tatsächlich in Anchorage! Nein, der Stadt wegen müsste man sich nicht auf eine so lange Reise begeben – aber der Name und die geografische Lage geben schon etwas her. Unvergesslich macht uns diese Stadt eine Entdeckung: Simon & Seafort's bieten in Kombination das beste Essen und die beste Aussicht während des Essens – falls man Zeit findet, die Augen von den Kings Crab legs aus der Behringsee zu wenden.

Wir haben vor, am nächsten Tag die Fähre von Whittier nach Valdez zu nehmen und es wird eine wundervolle Fahrt werden, entlang der rauen Küste, zwischen Eisbergen und mit einem Kapitän, der extra seine Route verlässt, um uns Walfische zu zeigen, die er in seinem Fernglas entdeckt hat.

Zunächst aber gilt es wieder einmal einen Platz für die Nacht zu finden. Und da habe ich noch vor der Entdeckung unseres fantastischen Speiselokals die Augen offen gehalten. Ich habe Wegweiser zu einem Skiressort gesehen – und da muss es schließlich mangels Gebrauch einsame Parkplätze geben. Wir folgen nach unserem frugalen Mahl kombiniert mit apokalyptischen Aussichten auf Meer, Sonnenkaskaden und schwarze Wolkengebirge den Hinweisschildern und landen tatsächlich auf einem in seinen Ausmaßen wahrlich amerikanischen –und wie vermutet völlig vereinsamten – Parkplatz. Ich platziere unseren Igor so, dass wir einen ungehinderten Blick auf das nächtliche Anchorage haben und genießen den Ausklang dieses wunderschönen Tages bei einer Flasche Rotem.

Es ist kurz vor 4 Uhr als ich durch Motorengeräusch geweckt werde. Das ist erstaunlich genug. Beängstigend empfinde ich aber, dass sich dieses Motorengeräusch auf diesem weitflächigen Parkplatz ausgerechnet unmittelbar neben uns etabliert. Der Motor erstirbt und in mir steigen Duplikate der „Wanted"-Plakate hoch. Vorsichtig taste ich nach meinem Bear-Spray im Rucksack und halte unsinnigerweise den Atem an, um eventuelle Überfallgeräusche frühzeitig auszumachen. Der Puls dürfte irgendwo bei 180 liegen. Meine vermutlich durch das Abschalten des Motors geweckte Gattin, stellt die geniale Frage, was denn das abgeschaltete Motorengeräusch neben uns zu bedeuten habe. Ja, wenn ich das wüsste! Und wenn ich jetzt anstelle meines lächerlichen Sprays einen großkalibrigen Colt in der Faust hätte, dann könnte ich meiner Begleiterin wesentlich mannhafter antworten. Minute um Minute vergeht, ohne dass das Öffnen einer Autotür, das Entsichern einer Schusswaffe, das Flüstern des Gangsterpaares zu vernehmen sind.

Die Anspannung meinerseits muss so enorm gewesen sein, dass ich erschöpft von meiner Anspannung eingeschlafen bin. Erneut werde ich durch Motorengeräusch aus diesem Erschöpfungsschlaf gerissen. Aha, jetzt lassen die Banditen – woher weiß ich eigentlich, dass hier der Plural anzuwenden ist? – den Motor warm laufen, um nach dem Überfall sofort das Weite suchen zu können. Wieder umklammere ich, auf alles gefasst, das Bear-Spray und habe mich außerdem inzwischen mit der Taschenlampe bewaffnet. Wenn ich die linke Hand mit der

Taschenlampe ganz nach links außen hielte und folglich der Schuss in diese Richtung zielen würde, könnte ich mit meiner Rechten das Spray in Einsatz bringen. Aber wieder höre ich keine Autotüre, kein Näherschleichen. Dafür die verschlafene Stimme meiner Schutzbefohlenen, was denn nun schon wieder los sei. Ich entschließe mich zum Gegenangriff: Vorsichtig hieve ich mich auf den Fahrersitz, lege den Rückwärtsgang ein, drehe den Zündschlüssel und starte mit Vollgas in die Mitte des Parkplatzes, schalte dann blitzschnell in den Ersten und fahre dann – bergauf! Sozusagen in die Falle! Nachdem ich der Todesgefahr entronnen bin, kann ich nur sagen, dass vermutlich in der Todesgefahr der Intellekt ausgeschaltet ist. Dieser Intellekt hat mir aber im Nachhinein eine Erklärung für das seltsame Verhalten unserer nächtlichen Nachbarschaft gegeben: Ad eins war – wer immer das auch war – ein furchtsamer Mensch, der mit Freuden festgestellt hat, dass dieser einsame Parkplatz so einsam nicht war und sich schutzsuchend neben uns niedergelassen hat. Und ad zwei muss ihm nach meinem erschöpften Einschlafen kalt geworden sein, so dass er sich über den Motor wieder Wärme spenden wollte.

Der Rest der Nacht gestaltet sich so, dass meine Begleiterin die Gelegenheit nutzt, um ihre Duftmarke zu hinterlassen. Die vermeintlichen Banditen sind uns nicht gefolgt und so kann auch ich mich befreitem Pinkeln hingeben.

Blindes Glück

Selbst wenn es für Mitglieder der heutigen Generation kaum vorstellbar ist: Es gab tatsächlich einmal eine Zeit, da es noch keine Selbstverständlichkeit war, dass in jedem Haushalt mindestens 2 Automobile in der Garage dösen oder vor der Haushalts-Behausung herumlungern. Die Geschichte, die ich hier erzählen will, beginnt sogar in einer völlig unmotorisierten Familie. Weder mein Vater noch meine Mutter hatten überhaupt jemals einen Führerschein. Ich ging noch zur Schule und an Führerschein geschweige denn fahrbaren Untersatz hatte ich bislang gar keinen Gedanken verschwendet. Umso wichtiger war es natürlich, sich für den geplanten Bergurlaub einen motorisierten Partner zu sichern.

Der Berte war so einer. Er besaß eine Lambretta. Einen Motorroller, mit dem heute die Mädchen maximal bis ins Schwimmbad oder an einen Baggersee düsen. Wir wollten damit in die Dolomiten. Zum Klettern. Eine solche Betätigung verlangt – wenn man nicht ein schlafwandlerischer Alleingänger ist – einen gewissen Aufwand an Ausrüstung: Wenigstens ein Seil, Sicherungsmaterial in Form von Haken, Karabinern, Seilschlingen, Hammer und Biwaksack nebst einer gebirgsangepassten Bekleidungsausstattung. Seinen eigenen Rucksack hatte der Berte vorn zwischen seinen Füßen. Der voluminösere, angefüllt mit dem Gros der Kletterausrüstung, befand sich auf meinem Rücken. Ich meinerseits auf dem Sozius. Das mag banal und selbstverständlich klingen. Und das war es auch bis zum Fuß der Gebirgsregion, die wir für unseren Urlaub auserkoren hatten – den Rosengarten.

Ziemlich zentral, unterhalb der berühmten Vajolett-Türme liegt die Gardecchia-Hütte, bis zu der man – zumindest damals – hinauffahren konnte. Oder besser gesagt: durfte. Das heißt, man durfte, wenn man konnte. Eine Lambretta ist keine Harley Davidson und so versagte sie irgendwann den beiden Passagieren mit ihrem Gepäck erschöpft und beleidigt den Dienst. Um sie wieder zu versöhnen, erklärte ich mich bereit, sie um mein Gewicht zu entlasten – ehrlich gesagt, war ich ganz froh, meine Füße wieder einmal bewegen zu dürfen. Meinen Rucksack aber meinte ich doch statt meiner auf dem Sozius hinterlassen zu dürfen. Das war eine Fehleinschätzung, wie ich nach der nächsten Kurve feststellen musste. Also nahm ich den Rucksack der Lambretta ab und auf mich und der Berte verschwand so erleichtert wieder aus meinem Blickfeld. Diesmal dauerte es zwei Kurven, bis ich ihn wieder eingeholt hatte. Um es kurz zu machen: Unser Weiterweg sah den Berte mit seinem Rucksack auf dem Buckel Vollgas gebend neben der Lambretta marschieren, während ich – rucksackgeschultert – die kurzatmige Dame von hinten unterstützte.

Von der Gardecchia stiegen wir noch hinauf zu der kleinen gemütlichen Gartlhütte. Das Wetter gebärdete sich ziemlich klebrig, das heißt, der Nebel pappte scheinbar unlösbar an den die Hütte umrahmenden Felsgebilden – da war der Schleier plötzlich wie weggesaugt, in einen bereits abendlichen, tiefblauen Himmel bohrten sich die gelben Pfeiler der Vajolett-Türme. Wir griffen uns unsere Kletterutensilien, hasteten hinüber zum Einstieg der scharfen und doch so grazilen Delago-Kante, wir turnten in senkrechtem aber doch so griffigem herrlichem Dolomit nach oben, während von unten schon wieder der Nebel nach unseren Füßen tastete. Im farbintensiven Licht des verklingenden Tages seilten wir vom Gipfel ab – nach wenigen Seillängen waren wir wieder im Kar. Kann man glücklicher sein, als in solchen Momenten?

Der nächste Morgen präsentierte sich strahlend blau, aber empfindlich frisch. Auf dem kleinen See neben der Hütte glitzerte eine Eisschicht, draußen im Tal leuchtete ein Nebelmeer. Trotz der zu befürchtenden klammen Finger am nachtkalten Fels trieb es mich förmlich dorthin. Zunächst bemerkte ich es in meiner Euphorie noch nicht, aber instinktiv spürte ich, dass etwas nicht zu diesem herrlichen Tag passte. Als wir uns anseilten wurde es dann allerdings überdeutlich: Den Berte trieb es seltsamerweise gar nicht!

Wir gingen dann zwar noch die kurze Route am Piaz-Turm, dann ließ es sich aber endgültig nicht mehr verheimlichen. Der Berte hatte einen Moralischen! Das traf mich schwer, nur leider kann man dagegen nichts machen. Als junger Bursch, als ich mich noch mit meinem Bruder durch noch eher wenig steile Felswände gefürchtet hatte, da war es mir manchmal ähnlich gegangen, dass ich mir gesagt hatte, nein, nächstes Wochenende spielst du lieber Fußball.

Aber in einer Woche kann sich vieles verändern. Und so hoffte ich auch beim Berte, dass er nach ein, zwei kletterenthaltsamen Tagen wieder in altem Feuer entbrennen würde.

Das Wetter hatte sich zu einem stabilen Hoch ausgewachsen und da konnte man nicht einfach einen Tag um die Hütte herumlungern. Also machten wir uns auf den Weg zum Kesselkogel, einer gemütlichen Wanderung, nur im oberen Felsaufbau musste man ein bisschen hinlangen. Aber da gab es Drahtseilversicherungen.

Es war ein schönes Dahinschlendern über die grünen Almwiesen, um uns die himmelragenden Dolomittürme, die markant vor einem tiefblauen Himmel prahlten, über uns vereinzelte blütenweiße Wolkenschiffe, die majestätisch im unendlichen Blau schwammen. Trotz der strahlenden Sonne war es nicht heiß, die Höhe und ein leichtes Lüftchen sorgten für eine angenehme Kühle. Der wechselnd intensive Bergwind trug aber auch zum akustischen Wohlbefinden bei: Einmal strich er durch die Saiten der Gräser und Almrauschbuschen, dann hörte man ihn in einer kurzfristigen Steigerung direkt oben in den Felsen singen. Es dauerte eine Weile, bis mir klar wurde, dass der Wind da gelegentlich noch einen anderen Gesang mit sich trug: Da jubilierten hohe und feine Töne, wie sie der Wind mit all seiner Raffinesse nicht hätte erzeugen können. Je näher wir dem abschließenden Felsaufbau kamen, desto deutlicher waren klare, fröhliche Melodien zu unterscheiden, die offenbar auf einer Flöte gespielt wurden.

Am untersten Felsabsatz, dort wo die Drahtseilversicherungen beginnen, saß ein Mädchen mit italienisch schwarzen Haaren – und geschlossenen Augen. Sie war bestimmt nicht hässlich, aber auch nicht übermäßig hübsch. Aber ihr Gesicht war durch die Musik, in die sie sich ganz hin gegeben hatte, so verklärt, dass der Gesamteindruck von geradezu leuchtender Schönheit war. Erst unmittelbar vor ihr waren wir um einen verbergenden Latschenboschen gebogen, ich blieb beim ersten Anblick stehen, so, wie wenn man nach einer Wegbiegung unverhofft eines seltenen Wildtieres ansichtig wird, und wir lauschten andächtig ihrem Spiel. Sie hatte offensichtlich nicht bemerkt, dass sie Zuhörer hatte und als sie zu Ende gespielt hatte, applaudierten wir beide von unserem Logenplatz aus. Ein ganz kurzes Erschrecken, dann strahlte sie in unsere Richtung und öffnete die Augen – sichtlich blinde Augen. Aus ihrem italienischen Geplauder und ihren Gesten interpretierte ich heraus, dass ihre Begleiter zum Gipfel unterwegs seien und man sie und ihre Flöte hier zurückgelassen habe. Ich bedankte mich mit allen mir zur Verfügung stehenden italienischen Vokabeln für die Freude, die sie uns gemacht habe und sie strahlte mich so glücklich an, dass dieser Moment noch heute ganz gelegentlich in mir aufwacht.

Zuhause angekommen habe ich mir sofort eine Blockflöte gekauft. Sie passt meist auch noch in einen ziemlich aufgeblähten Rucksack und hat mir schon oft geholfen, meine Freude zu formulieren, wenn mir auf einem Gipfel, einem Gratrücken, in einem einsamen Kar oder einfach abends vor der Hütte das Glück zu viel zu werden droht.

Natürlich ist der Effekt sehr stark von der lokalen Situation abhängig. Entweder der Ton trägt, die umragenden Wände schicken ein weit schwebendes, verfeinertes Klanggebilde zurück – oder man packt sein Instrument enttäuscht nach ein paar Noten wieder ein. Wie weit Musik tragen kann, habe ich viele Jahre später noch einmal hier am Kesselkogel erfahren können. Ich hatte in unserem heimischen Klettergarten einen jungen Burschen kennengelernt und nachdem es mich wieder einmal in den Fingern juckte, rief ich ihn an, ob er am kommenden langen Wochenende Zeit und Lust hätte. Nein, er sei leider schon vergeben, meinte er, aber er habe eine Schwester, die sei 16 und hätte in der Fränkischen Schweiz schon einiges an Klettererfahrung gesammelt. Ein Telefonat mit meinen Freunden in München ergab, dass die in die Dolomiten, in den Rosengarten – auf die Gardecchia wollten. Also ließ ich meine unbekannte Begleiterin über das Telefon wissen, dass sie zu ihren Kletterutensilien noch den Schlafsack einpacken solle und am Abend trafen wir uns alle am Zeltplatz neben der Hütte. Der nächste Tag war eher nicht kletter-einladend, aber wir beide gingen doch zusammen leicht fröstelnd die Delagokante an den Vajolett-Türmen – wie damals. Und wie ich zu meiner Freude feststellen konnte, hatte ich mir da wirklich eine exzellente Partnerin ans Seil gebunden, es machte ausgesprochen Freude, ihr beim Klettern zuzuschauen.

Als ich am nächsten Morgen aus dem Zelt schaute, überfiel mich der Anblick eines wolkenlosen, strahlenden Morgens. „Auf, Mädchen, der Fels ruft!" – „Hm, ja, aber müssen wir wieder so weit hinauf?" Da sprach ganz offensichtlich eine Klettergarten-Maid, der lange Anstiegshatscher und mühsame Abstiege fremd waren, die sich nicht auf dem schweißtreibenden Einstiegswegerl schon auf die anschließenden Kletterfreuden freuen konnte. Dieser Missmut war angesichts des zauberhaften Tages eine üble Enttäuschung für mich. Ich stopfte mir wortlos das Nötigste in den Rucksack und stieg mehr oder weniger ziellos einfach bergauf. Am Gipfel irgendeiner namenlosen Bergkuppe machte ich Halt, legte mich in die Sonne, labte mich an dem, was ich mir in der Eile eingepackt hatte und träumte in die Ferne. Ich war zwar immer noch sauer, aber andererseits gefiel mir mein einsames Platzerl recht gut. Und dann fabulierte ich, so gut ich konnte, auf meiner Flöte.

36

Meine Freunde, die zum Kesselkogel gewandert waren, fragten mich abends, wo ich denn gewesen sei: Sie hätten meine Flöte so deutlich gehört, als wäre ich auf einem Gratvorsprung des Kogels gesessen. Tatsächlich trennten uns bestimmt einige Kilometer Luftlinie.

Blinder Passagier

Dass Korsika eine wunderschöne Insel ist, hatte ich schon mit eigenen Augen erfahren dürfen. Vor allem die Vielfalt der landschaftlichen Szenerien, das klare, blaugrüne Wasser des umgebenden Meeres, die teils schroffen, felsigen Küsten, die pinienverbrämten Gebirge bilden eine faszinierende Einheit. Nicht zu vergessen das klare und grüne Wasser der aus diesen Gebirgen hervorsprudelnden Bäche!

Genau daran – so wurde mir gesagt – mangelt es der ansonsten sicherlich ähnlich reizvollen Nachbarinsel Sardinien. Insofern habe ich Sardinien nie in meine Urlaubsüberlegungen einbezogen, solange wir aus beruflichen Gründen und von den Kindern her auf die Ferienzeit festgelegt waren. Beide Hemmnisse für ein Erkunden dieser Insel im Blütenrausch des Frühlings waren zwischenzeitlich weggefallen.

Es war in der letzten Märzwoche, dass ich mich mit unserem Bus auf den Weg nach Livorno machte. Ein von meinem Vorgänger außerordentlich raffiniert ausgestalteter Fiat-Transporter, der zwar beim Starten eine ähnliche Rauchwolke hinterließ wie die Weltraumraketen in Cape Canaveral und bei einer Geschwindigkeit oberhalb 80 Km/h eigentlich nur mit Ohrenstöpseln zu ertragen war, aber ich liebte ihn heiß und innig. Bei meiner Frau war das ein wenig anders gelagert, sie liebte **mich** und wollte mir die Freude nicht verderben – und sie war ausnahmsweise nicht eifersüchtig. Daher ließ sie mich ohne Einspruch mit meiner Liebe ziehen – um 6 Tage später mit Ryan Air für 14.99 EUR direkt auf Sardinien zu landen.

Dass ich für meine Anreise so viel Zeit eingeplant hatte, ergab sich aus einem ganz bestimmten Grund. Erstens wollte ich die geldfressenden und eher langweiligen Autobahnen meiden und zweitens steht nur 60 km südwestlich von Turin und 100 km nördlich von Monaco der Monte Viso, der sich einsam und allein zu einer Höhe von beinahe 4000 m aufreckt. Und auf den wollte ich unbedingt noch in diesem Leben hinauf. Zwar nicht jetzt, aber anschauen wollte ich ihn mir wenigstens einmal und erste Erkundungen vor Ort durchführen, wie und von wo aus man diesen Burschen am besten angehen könnte. Gesehen habe ich ihn nicht und auch das Erkunden war nicht sonderlich erfolgreich: Als ich mir endlich einen Platz direkt am jungen Po für die Nacht ausgeguckt hatte und nach einem spätabendlichen Spaziergang zum Ausschütteln meiner Autofahrerbeine in meinen Schlafsack gekrochen war, trommelten schwere Tropfen auf mein Busdach. Als ich einige Stunden später kurz wach wurde, trommelte nichts mehr und ich war guter Dinge, dass sich das Wetter über Nacht eines Besseren besinnen würde. Mit dem ersten Morgenlicht wurde klar, warum nichts mehr trommelte: Draußen war es weiß und es schneite immer noch. Manchmal ist die Faulheit doch zu etwas gut. Ich hatte nämlich die Reifen nicht mehr – wie ursprünglich vorgehabt – gewechselt und ohne Winterreifen hätte ich es vermutlich nicht wieder bis zur Straße hinauf geschafft.

In Livorno hätte ich beinahe die Fähre verpasst, weil ich nicht bedacht hatte, dass eben in diesen Tagen auf Sommerzeit umgestellt worden war, aber offensichtlich hatte man auch beim Fährbetreiber die Einstellung, dass man eine solche Änderung nicht abrupt vornehmen kann. Jedenfalls starteten wir mit einer halben Stunde Verspätung oder – wenn man so will – um (Winterzeit + Sommerzeit)/2.

Als ich kurz vor 6 Uhr morgens wieder Festland unter den Rädern hatte und in der Dunkelheit angestrengt die Einfahrt in die Verbindungsstraße von Olbia nach Alghero suchte, tat ich das bei Nebel und Nieseln. Und als die Dämmerung die Landschaft aus dem Dunkel löste, hätte ich wetten mögen, dass mich diese Fähre nicht in Sardinien, sondern in Irland oder Schottland ausgespuckt hatte. Grüne, nebelverhangene Hügel, auf denen Schafherden weideten, säumten die Straße und der Scheibenwischer war immer noch aktiv. Als ich meine Flugreisende in Alghero in Empfang und in die Arme nahm, leuchtete uns strahlend blauer Himmel. „Was hast du anderes erwartet, wenn ich auftauche?" –

Bei Sonnenschein wird schnell deutlich, dass ich die Wette verloren hätte: Die in ein frühlingsfrisches Blütenkleid gewandete liebliche Landschaft lässt keinen Gedanken mehr an Schottland aufkommen. Wir gondeln gemächlich entlang der Westküste nach Süden. Es ist nicht übertrieben warm und wenn wir uns ein Plätzchen für das Mittagessen suchen, sind wir darauf bedacht, dass es einigermaßen windgeschützt ist. Wir sind praktisch allein unter Einheimischen. Von Touristenströmen ist weit und breit nichts zu sehen und wenn ja uns etwas touristisch Anmutendes begegnet, so sind es Festlanditaliener, die sich zumindest für uns nicht gravierend von der Inselbevölkerung unterscheiden. An der Costa Verde liegt am Ende einer steil zur Küste abfallenden und unweit danach endenden Straße eine kleine Feriensiedlung. Wir suchen uns etwas außerhalb einen Stellplatz 10m oberhalb des Meeres. Wir sind allein und es könnte schöner kaum sein! Bis wir Hundegebell vernehmen. Wie sich herausstellt, hat man offensichtlich in **einem** Haus **einen** Mann und **einen** Hund zur Bewachung hinterlassen. Das tut aber unserem Glück keinen Abbruch und den verschreckten Bewacher mit seinem Alibi-Hund kann ich, als ich noch zu einer abendlichen Radltour starte, davon überzeugen, dass wir seine Bewacherqualitäten nicht zu testen gedächten.

Aber es gibt natürlich neben Landschaft auch jede Menge Kultur zu besichtigen und es versteht sich von selbst, dass meine archäologie-infizierte, reiseführerbewehrte Begleiterin mir immer wieder Stopps oder Abzweige von meiner Route verordnet, um Kirchen von außen und innen zu besichtigen, altertümliche Säulen zu bestaunen und in Grabhöhlen zu kriechen. Wir haben hier zugegebenermaßen differierende Prioritäten. Natürlich kann auch ich mich an **schönen** Hinterlassenschaften vergangener Zeiten begeistern, aber die grundsätzlichen Verzückungen meiner Frau über jede noch halbwegs bestehende Säule und jedes Loch, das einmal von jemandem gebuddelt worden ist, kann ich leider nicht nachvollziehen. Der Dom in Cágliari z.B. war das Warten bis zur Öffnungszeit zweifellos wert: Solche herrlichen Marmoreinlegearbeiten habe ich noch nie vorher gesehen. Und selbstverständlich gibt es einige wirklich imposante „Nuraghes", aus großen Felsblöcken errichtete Türme, die als Burgen und/oder Totenstätten dienten, wie sie für Sardinien typisch sind. Die mit Säulenrelikten bestückten Römersiedlungen beeindrucken mich aber eher durch die ausgewählt schöne Lage.

Von Cágliari aus drehen wir wieder Richtung Norden. Es wird ausgesprochen gebirgig und in der Barbagia geht es auf 1000m Höhe nachts bis nahe 0° herunter. Wir absolvieren ein paar wunderschöne, einsame Wanderungen, sowohl durch Schluchten und in felsumrahmte Buchten als auch auf sonnige Höhen. Und an dieser Stelle ist es Zeit, etwas über die Menschen zu sagen, die uns begegnet sind.

Die Sarden sind erstens bitterarm und zweitens – bedingt durch erstens – so ziemlich alle Banditen und Entführer. Solche Klischees konnte man bis vor ein paar Jahren durchaus gelegentlich hören. Tatsache ist, dass sich auf der ganzen Welt in Großstädten Bereiche finden, die man besser meiden sollte und dass man auf der ganzen Welt bei der einfachen ländlichen Bevölkerung in der Regel nicht nur nichts zu befürchten hat, sondern dass man bei aller Ärmlichkeit mit großer Gastfreundschaft beschenkt wird. In diesen ersten 10 Tagen war man uns durchweg sehr freundlich begegnet, ein besonderes Erlebnis ist uns aber auf unserer Wanderung zu den sonnigen Höhen zuteil geworden.

Es ist ein schöner klarer Tag. Zugegeben, in dieser einsamen Gebirgsgegend lasse ich den Bus mit gemischten Gefühlen an einer Einbuchtung neben der Straße zurück. Aber die Szenerie, ein Felsturm wie aus dem monument valley, der mit senkrechten Flanken aus der hügeligen Landschaft wächst, lässt mich meine Sorge bald vergessen. Wir bekommen Mufflons zu sehen und halten eine sonnige Rast auf einem grasigen Podest, oberhalb dessen ich gemeint hatte, eine Besteigungsmöglichkeit des Felsturms entdeckt zu haben. Aber das dort herabhängende Seil sieht mir nicht sehr vertrauenswürdig aus. Spuren von Wildschweinen finden sich bis hier oben.

Beim Abstieg bin ich meiner fotografierenden Frau ein bisschen enteilt. Da kommt es mir plötzlich so vor, als würde ich Stimmen hören. Eher unwahrscheinlich, denke ich mir. Aber als ich den nächsten Grathöcker überschreite, sehe ich mich tatsächlich einer ganzen – seltsamerweise mit Hacken und Schaufeln bewaffneten – Gruppe gegenüber. Das Erstaunen ist gegenseitig, die aus der Gruppe fassen sich aber zuerst und begrüßen mich freudig. Bei genauerem Hinsehen setzt sich die Mannschaft aus 8 Weiblichkeiten und 3 Männern zusammen, offensichtlich mit der Aufgabe betraut, den Weg auszubessern oder zu erneuern. Wie ich schnell herausfinde, sind ernsthaft lediglich 2 der Männer damit beschäftigt, dieser Aufgabe nachzukommen. Der Dritte scheint sich für etwas Besseres zu halten, was gleichbedeutend ist, dass er sich aus der Arbeit heraushält. Was die ganze Damenschar für eine Funktion hat, wird mir bis zum Ende unserer Begegnung nicht klar, aber es muss irgendetwas Marketenderisches gewesen sein. Jedenfalls bestimmen sie, dass es ohnehin Zeit für eine Pause sei und wir beide dringend einen Kaffee bräuchten. Den bekommen wir auch, aber dann scheint man ohne längere Diskussion zu dem einhelligen Entschluss gekommen zu sein, dass sich eine Wiederaufnahme der Arbeit bis zur Mittagspause – es ist kurz vor 11 Uhr – ohnehin nicht mehr rentiere. Ein Feuerchen wird angefacht und dann überbieten sich die Marketenderinnen mit dem Hervorzaubern von Mitgebrachtem: Antipasti, Brot, Schinken, Peccorino, Gebäck, Kuchen ... Und endlich auch – ich hatte die Hoffnung schon beinahe aufgegeben – ein 5 Liter Ballon Rotwein! Alles natürlich selbstgemacht von den Antipasti bis zum Wein. Der Peccorino wird über dem Feuer im Ganzen angeröstet und dann auf ein Brot geschnitten. Man drängt uns, von allem zu probieren und stopft in uns hinein, bis nichts mehr hineingeht. Einer der Männer war mehrere Jahre als Gastarbeiter in Bremen und kommt kaum zum Essen, weil er fortwährend Fragen und Antworten dolmetschen muss.

Es ist ein wunderschöner Augenblick gelebter Völkerverständigung! Am Ende ist der Ballon leer und wir ziemlich voll.

Wir landen schließlich im Tal von Oliena, einer rauen, wilden Gebirgsszenerie. Es ist Ostersamstag und meine Frau vertritt die Auffassung, dass wir wenigstens einmal sardisch Essen gehen sollten. Nicht, dass es ihr bei mir nicht schmecke, beeilt sie sich hinzuzufügen, aber sie hätte in ihrem schlauen Buch einen Tipp entdeckt. Zufällig gäbe es hier ganz in der Nähe ein kleines Restaurant, das berühmt sei für seine typisch sardische Küche ebenso wie für die zivilen Preise.

Das kleine Restaurant mit den sardischen Köstlichkeiten erweist als ein schnuckeliges aber nichtsdestoweniger vornehmes Viersterne Hotel. Da sind wir ja gespannt auf die „zivilen" Preise! Auf dem hoteleigenen Parkplatz haben bereits zwei Camper von der Klasse 150000 EUR Anker geworfen. Daraufhin beschließen wir, uns auch dort zu etablieren. Unserem 5000 EUR Niveau entsprechend postieren wir uns aber am hintersten Rand des Parkplatzes – wo außerdem die Abfalltonnen stehen.

Das Essen ist ausgezeichnet, Fenchelsuppe – dick wie eine Pastete – als Vorspeise, süßsaures Wildschwein mit Steinpilzkartoffeln und Zicklein mit einer weiteren Fenchelkreation. Eine Weinkarte gibt es in diesem Viersternehotel nicht und als wir Weißwein ordern wollen, werden wir mit einem ungläubigen Blick bedacht – den gebe es nur in Flaschen. Als wir der Bedienung andeuten, dass wir uns vertrauensvoll in ihre Hände geben würden, wird uns ein Krug hervorragender Roter aus der Region auf den Tisch gestellt.

Am Ende zahle ich 58 EUR – angesichts der hervorragenden Qualität und unseres schon beinahe unverantwortlichen Sättigungsgrades ein wahrhaft ziviler Preis! Kaum haben wir es uns in unserem Vier-Sterne geparkten Schlafzimmer bequem gemacht, vermeint meine Schlafgenossin nächtliche Fremdgeräusche zu vernehmen. In meinem Völlezustand könnte mich aber nicht einmal mehr eine Feuersirene vom Einschlafen abhalten.

In der zweiten Hälfte der Nacht kann aber auch ich die von so mancher einsamen Hüttennacht her unverkennbaren Mausgeräusche nicht weiterhin ignorieren. Als ich taschenlampenbewehrt die Tür zu unserem Wandschrank öffne, sitzt tatsächlich im oberen Regal ein ziemlich fettes Vieh, entweder eine herausgefressene Maus oder eine Ratte. Bis ich die darunter liegende Weinflasche ergriffen habe, um ihr damit zu Leibe zu rücken, ist sie schon hinter der Holzverkleidung verschwunden.

Sobald das nachtsüber verschlossene Tor für die Angestellten geöffnet wird, machen wir uns auf ins abenteuerlich schöne Valle Lanaittu: Eingerahmt von hohen Kalkbergen liegt ein fruchtbarer Talboden, der hauptsächlich mit Olivenbäumen bestellt ist. Abenteuerlich ist aber auch die Straße, die aus einer Aneinanderreihung von teils extremen Schlaglöchern besteht. Da wird unserem nächtlichen Gast – so hoffen wir – schon die Freude an einer weiteren Wahrnehmung unserer nicht erteilten Gastfreundschaft vergehen! Abenteuer wartet auf uns aber auch am Ende des Tals, wo wir ein noch gar nicht lange entdecktes hochalpines Nuraghe wissen. Es ist wirklich beeindruckend und erinnert an das nordamerikanische Mesa Verde: In der Gipfelregion tut sich, nachdem man auf Felsbändern und durch einen Schlupf geleitet wurde, ganz unerwartet eine gewaltige Grotte auf, in der Reste von Behausungen zu erkennen sind. Die Wissenschaft rätselt immer noch herum, was die Menschen vor einigen tausend Jahren dazu bewegt hat, sich hier eine Dependance einzurichten, denn das Wichtigste zum Leben, Wasser, kann in dieser karstigen Gegend natürlich auch in früheren Zeiten dort oben nicht zu finden gewesen sein.

Leider hat man offenbar vergessen, die Wettermanager darauf hinzuweisen, dass Ostern ist. Aber das Ostermenu, das ich meiner Bergsteigerin serviere – ein gewaltiges T-bone Steak mit viel Zwiebeln und Knoblauch und einem kräftigen Schuss Wein, dazu Couscous und Tomatensalat – mundet uns auch bei trübem Himmel. Allerdings musste ich bei der Vorbereitung feststellen, dass unsere unliebsame Begleitung sich von dem Schlaglochschütteln mitnichten hat abschütteln lassen: Während unserer Abwesenheit hat die Maus/Ratte ihre Spuren an den Kartoffeln und einer Tomate hinterlassen. Ich werde ihr heute Nacht noch einmal gezielt auflauern!

Mein ganzes nächtliches Lauern und Schranktür-Aufreißen, sobald ich verdächtige Geräusche vernommen habe, hat indessen zu nichts geführt. Wir müssen weiter mit unserem blinden Passagier leben.

Orgosolo mit seinen „murales" – direkt auf die Hausfassade gemalten Fresken – und die Schrotpatronen übersäten Straßen faszinieren uns und verdrängen den Gedanken an das knabbernde Vieh in unserem Bus. Die Fresken beschreiben Ereignisse, welche die Gemeinde im Speziellen und die Welt im Allgemeinen bewegt haben, Jagd- und Banditenszenen ebenso wie Gewalt und Unterdrückung von Hitler bis zu den Amerikanern und Umweltverbrechen. Die Schrotpatronen sind die Überreste eines besonders „feierlichen" Gedenkens an die österliche Auferstehung.

Das Wetter ist kalt und sehr durchwachsen, aber die Blumenfülle am Straßenrand ist immer wieder beeindruckend. Die Suche nach einem geeigneten Nachtplatz gestaltet sich schwieriger als sonst, aber schließlich stehe ich ca. 20 m über der steilen Bergstraße auf dem ebenen Teilstück eines Seitenweges. Es wird eine regnerische und stürmische Nacht und nicht nur raubt mir unser Plagegeist die Ruhe, sondern auch die Befürchtung, dass ich mich da in eine ziemlich unangenehme Situation hineinmanövriert habe und diesen schmierigen Weg womöglich rückwärts wieder hinunterbugsieren muss. Meine Befürchtung ist umsonst, mir gelingt es nach einigen Mühen, zu wenden und in dem kleinen Räubernest, in dem wir unser Frühstücksgebäck erstehen, gelingt es mir, eine Rattenfalle aufzutreiben – nicht so ein Holzbrett mit Schlagbügel, sondern einen Käfig, in dem man beinahe Katzen hätte fangen können.

Das Morgenwetter bringt einen Mix aus Sonne, Regen und sogar Hagel, jedenfalls nicht unbedingt zu einer

Wanderung animierend. Lediglich für die Mittagspause im Schutz einer abseits vor sich hindämmernden Kirche lacht uns die Sonne. Und die vier kleinen Welpen, die wir dort angetroffen haben, üben sich an den Knochen unseres Mittagsmahles und wir haben unseren Spaß mit ihnen. Dann aber gewinnt das üble Wetter wieder die Oberhand. In einer weitgehend unbesiedelten Gegend finden wir auf einem Hügelgipfel unseren Platz für die Nacht. Wir werden beschenkt mit einer unglaublichen Aussicht bei unglaublicher Stimmung: Es ist ausgesprochen stürmisch, in die dunklen Wolkenbarrieren frisst die Sonne gelegentlich Lichtlöcher, in denen entfernte Kirchtürme aufleuchten. Und dann beginnt eine aufregende Nacht!

Der Sturm wütet mit gelegentlichen Regengüssen gegen unseren Bus und schüttelt unser fahrbares Schlafzimmer manchmal ganz bedenklich, draußen über dem Meer wetterleuchtet es. Aber was meinen Blutdruck viel mehr in die Höhe peitscht, ist das Jagdfieber: die mit Käse bestückte Falle steht auf der Küchenanrichte gleich hinter der geöffneten Schranktür. Allerdings habe ich vergessen meinem Jagdobjekt den Weg zu ebnen – von der Plastiktüte, in der die Pfanne steckt, höre ich schon bald tastende Schritte, aber letztlich ist das dem schlauen Vieh doch zu gefährlich und es tritt den Rückzug an. Möglicherweise aber hat auch meine Frau schuld daran, denn während ich mit rasendem Puls den raschelnden Rattengeräuschen lausche, schnarcht sie laut und seelenruhig durch ihre Träume.

Der Feind rührt sich nicht mehr, denkt offensichtlich über eine neue Strategie nach. Aber dann höre ich ihn wieder an seinem subversiven Werk. Es hört sich an, als ob das Mistvieh sich nun durch den Boden fressen will, es klingt jedenfalls eindeutig nach Holz und zwar aus dem Schubfach neben dem Kühlschrank. Das habe ich – obgleich jämmerlich frierend – durch entsprechende Abhörmaßnahmen vor Ort herausgefunden. Aber als ich das Schubfach öffne, finde ich nichts! Es ist gerade so um Mitternacht, dass ich meiner inzwischen auch wieder teilnehmenden Gattin eröffne, dass ich das von der Rücktüre aus klären müsse, an was das Rattenvieh da nagt. In Unterhose und Anorak, stirnlampenbewehrt trotze ich also den erschwerenden Verhältnissen des Weltuntergangs, öffne wegen der hinten verankerten Räder unter Anstrengungen die Rücktür – und kann nichts entdecken. Also wieder zurück in die Koje. Und wieder das Knabber-Geräusch! Als ich diesmal die verdächtige Schublade öffne, sehe ich, dass das, was sich wie Holz angehört hat, von einem Orangensaft-Tetrapack stammt, der von oben her angefressen ist. Ich entsorge ihn ins Freie und entferne außerdem das Pfannen/Plastiktüten Hindernis. Es ist 0:30 Uhr als ich den Feind wieder gegen das Schnarchen meiner Schlafgenossin anschleichen höre. Und dann schlägt die Käfigtüre zu!!!!

Was sogar meine müde Jagdbegleitung weckt! Ich stelle den Käfig samt Inhalt vor die Türe hinaus in Regen und Sturm, muss dann aber noch einmal hinaus, weil sich mein Fang mit seiner Gefangenheit gar nicht abfinden will und einen Lärm in seinem Käfig veranstaltet, dass ich ihn ein Stück weit weg vom Bus abstelle, nachdem ich zuvor vergeblich versucht habe, ihn mit einem Schraubenzieher abzustechen. Vorsichtshalber sichere ich den Käfig noch mit einem Stein.

Von meinem 1.Stock-Bett aus kann ich nicht nach dem Wetter schauen, aber im Rückspiegel beobachte ich die aufgehende Sonne und so hält es mich nicht mehr sehr lange in meiner Koje. Eigentlich wollte ich die Ratte ja einfach laufen lassen, aber nachdem sich ca. 150 m unter uns eine kleine Hirtenbehausung befindet, möchte ich vermeiden, dass der arme Kerl von unserem weitgereisten Passagier belästigt wird und beschließe, das Untier doch zu erschlagen.

Wenn ich geglaubt hatte, dass die Kälte und der Regen zusammen mit meinen Schraubenzieherattacken den Lebensgeistern der Käfiginsassin merklich zugesetzt hätten, so sehe ich mich darin entschieden getäuscht. Vielmehr begrüßt sie mich erwartungsvoll, so als ob es auch allmählich Zeit fürs Frühstück würde! Mit dem Spaten in der Rechten öffne ich also die Käfigtür einen Spalt, um ihr dann gleich eins auf die Nase zu geben. Aber so schnell kann ich gar nicht schauen, wie blitzartig sie die minimale Öffnung ausnützt und bei meiner Verfolgung trifft der Spaten immer wieder daneben – und dann ist sie mit einem 2m-Satz im Gebüsch. Da machen wir uns lieber schnell auf den Weg, bevor sie sich uns wieder anzuschließen beschließt!

Der pflichtbewusste Hund

Es war der letzte der 4 Punkte, die wir im Rahmen dieser geodätischen Expedition angefahren hatten. Unschwer hatte ich mit Hilfe der Punktbeschreibung und einer Skizze den mit einer Schraubkappe geschützten Messingbolzen gefunden. Er war im oberen Bereich eines Sandhügels, dort, wo an wenigen Stellen solider Fels hervortrat, vermarkt und mit einer kleinen Steinpyramide abgedeckt. Die Empfangsantenne für die Signale der GPS Satelliten war installiert, die Empfangseinheit programmiert. Damit war meine Arbeit bis auf weiteres erledigt.

Es war immer noch heiß, hier am südlichen Rand der Atacama-Wüste, obwohl sich die Sonne schon hinter den westlich schwarz aus dem allgemeinen Gelb aufragenden Bergen verabschiedet hatte. Den ganzen Tag waren wir mit unserem Chevy-truck unterwegs gewesen. Im Morgengrauen war ich von unserem fast auf 4000m gelegenen Zeltplatz am ehemaligen Grenzübergang zwischen Argentinien und Chile hinaufgestiegen zu dem gut 100 Höhenmeter oberhalb gelegenen Punkt C27, hatte den Empfang beendet, noch einmal Temperatur, Druck und Luftfeuchtigkeit gemessen und dann die runde Antenneneinheit wieder in dem gepolsterten Transportfutteral verstaut. Es war eisig kalt gewesen, aber der zweimalige Auf- und Abstieg, beladen – zumindest abwärts – mit Antenne, Konsole, Registriereinheit, Batterie und Solarmodul, hatte mich in der dünnen Luft trotzdem ins Schwitzen gebracht. Deshalb war ich froh, dass mein chilenischer Begleiter in der Zwischenzeit unsere Zelte und unseren ganzen Hausstand bereits im Chevy verstaut hatte und wir sofort starten konnten.

Die steilen Serpentinen auf der ehemaligen Passstraße hinunter zur jetzigen Grenzkontrolle am Tunneleingang forderte dem Motor natürlich keine Leistung ab und so wurden wir vom Gebläse vorerst mit einem nur langsam von kalt auf lau wechselnden Luftstrom bedient. Ich begann wieder zu frieren.

Beinahe 800 km hatte ich dann Zeit gehabt, mich auf der Küstenstraße aufzuwärmen, die uns von Santiago di Chile Richtung Norden bis hierher gebracht hat. Von Küste ist dabei allerdings nicht viel zu sehen, meistens verläuft die Straße 30, 50 oder gar 100 km im Landesinneren. Das Gebläse hatten wir längst von „warm" auf „kalt" gestellt.

Es war 2 Jahre vorher gewesen, kurz nach der Wende, als das Telefon bei mir klingelte. Am anderen Ende begrüßte mich ein ehemaliger Semesterkollege. Er war einer der Fähigsten von uns gewesen und jetzt hatte man ihn zum Leiter der Abteilung Geodäsie am neu gegründeten Geo-Forschungszentrum in Potsdam gemacht. „Hast du Lust in den Pamir zu fahren?" fragte er ohne große Umschweife. „Bin schon unterwegs" ließ ich ihn ebenso direkt wissen. Und so landete ich einige Monate später in Tashkent, um bei der Nullmessung für ein auf ca. 500x1000 km ausgelegtes Netz von Stationen in Kirgistan, Kasachstan und Usbekistan mitzuwirken. Die Punkte sollten mit Hilfe von Satellitenverfahren auf wenige Millimeter genau dreidimensional koordiniert werden und als Grundlage für die Bestimmung geotektonischer Veränderungen in der Erdkruste dienen. Durch

Nachmessungen in bestimmten Zeitabständen hoffte man entsprechende Punktverschiebungen in Lage und Höhe erfassen zu können. Die Region wies bekanntermaßen mehrere Verwerfungszonen auf. Erst 20 Jahre zuvor, war Tashkent von einem verheerenden Erdbeben betroffen gewesen.

Und nun hatte man sich zusammen mit den Amerikanern dem ähnlich instabilen Bereich der südamerikanischen Westküste und den Kordilleren zugewandt. Während die Amerikaner den Norden – von Kolumbien über Ecuador bis Bolivien und Peru – abdecken wollten, erstreckte sich das Betätigungsfeld des deutschen GFZ von der peruanischen Grenze mehr als 4000 km südlich bis nach Feuerland sowohl am argentinischen als auch chilenischen Rand der Anden entlang.

Der südlichste Abschnitt zwischen Puerto Mont und Feuerland war bereits in einer ersten Kampagne im Januar – also im Sommer der Südhalbkugel – absolviert worden. Für die zweite Phase der Einmessung dieses südamerikanischen Forschungsprojekts hatte ich wieder eine Einladung bekommen und – ungeachtet der zu erwartenden Schwierigkeiten der Freistellung seitens meines Präsidenten bzw. des Kultusministeriums – sofort zugesagt. Und nun wartete ich also im Sand der Atacama darauf, dass mein chilenischer Fahrer, Koch und liebenswerter Begleiter mich mit seinem „¡Vamos a comer!" zum Essen rufen würde!

Es ist schon seltsam, den ganzen Tag sitzt man im Auto, hat außer dem morgendlichen Stationsabbau keinerlei körperliche Anstrengung auf sich nehmen müssen und trotzdem würde ich es als einen anstrengenden Tag bezeichnen – wenn mich jemand fragen würde. Aber hier vor meinem Igluzelt fragt mich niemand. Und José, mein Begleiter, hat sich schon in sein zentnerschweres Armeezelt verkrochen.

Allmählich beginnt es kühler zu werden. Ich schlürfe noch ein Gläschen Rotwein und lasse meine Gedanken spazieren gehen.

Es war eine schöne Zeit. Man hat meiner bergsteigerischen Passion Rechnung getragen und mir Punkte jeweils im Grenzgebiet zwischen Chile und Argentinien zugeteilt, mittendrin oder mit Ausblick auf grandiose, von Farbe und Form her ungewohnte Fels- und Eiskulissen. Zweimal mussten wir die Grenze passieren und zweimal habe ich meinen armen Fahrer in Schrecken versetzt, wenn ich bei allzu lahmer Handhabung der Grenzformalitäten laut geworden bin. Zunächst mit meinem beschränkten spanischen Vokabular und, wenn das zu keiner Beschleunigung führte und sich folglich die Rage bei mir aufgeschaukelt hatte, auch in gutem originalen Bayerisch. Das hat erstaunlicherweise schon in Usbekistan gewirkt. Und hier wirkt es auch. Aber Argentinien und Chile pflegen ja eine Art Kalten Krieg und so hat sich mein verschreckter Begleiter bereits in kärglichen Grenzgefängnissen frieren sehen.

Wir haben uns prächtig verstanden, José und ich, auch wenn es mit der Verständigung gehapert hat. Mein Schnellsemester Spanisch hat mich zwar in die Lage versetzt, nach Brot und Wein zu verlangen, das Wetter zu kommentieren und mein wohliges Gefühl zu artikulieren, wenn José mich wieder – wie gerade eben – mit einem kräftigen Fleischtopf verwöhnt hat. Aber als er mehr von meinem Land und dem Leben dort wissen wollte, von

54

unseren politischen Verhältnissen, von Lebensstandard und Lebensgewohnheiten, da fehlen die Worte und das ist schade.

Fast gleichzeitig mit dem Sonnenuntergang hat ein voller Mond übernommen und den Horizont gar nicht in der Dunkelheit verschwinden lassen. Es ist windstill und nicht einmal das Summen eines Insekts stört die Ruhe. Man hat beinahe ein schlechtes Gewissen, wenn man sich so viel silbriger Schönheit entzieht, aber nun werde ich doch müde und verkrieche mich in meinen Schlafsack.

Es ist hell um mein Zelt herum, als ich nach ein, zwei oder drei Stunden wieder erwache. Ein Hund bellt, als wolle ihm jemand seinen für schlechte Zeiten zurückgelegten Knochen stehlen! Richtig, etwa einen halben Kilometer von uns entfernt, erinnere ich mich, einen schäbigen Unterstand und ein paar Tiere in einer Einzäunung gesehen zu haben. Ich schaue kurz aus dem Zelt. Der Mond steht nun direkt über mir. Und gleichermaßen über dem Hund!

Er wird sich entfernt seiner nordamerikanischen Blutsbrüder entsinnen, denke ich, und den Vollmond anheulen. Er heult aber nicht, sondern er bellt und das mit unverminderter Lautstärke und ungebrochener Ausdauer.

Nach einer Stunde sehe ich ein, dass die Stimmbänder eines Hundes ungleich strapazierfähiger sind als die eines Menschen. Und dass an Schlaf unter diesen Umständen nicht mehr zu denken ist. Ich packe einige wenige Utensilien in meinen Rucksack, Wasserflasche, Stirnlampe, Pullover und strebe dem Bergkamm im Hintergrund unseres Hügelpunktes zu. Er mag unsere Position um 500 Höhenmeter überragen – es ist schwer zu schätzen – und besticht im wesentlichen mit einer durchgehenden ins silbrige Mondlicht getauchten Sandflanke, die rechts und links von zwei dunklen Felsgraten eingerahmt wird. Ein Blick auf die Uhr zeigt mir, dass es gerade Mitternacht ist. Von Geistern allerdings keine Spur, es ist auch nicht einmal ansatzweise unheimlich, es ist nur unsagbar schön.

Am Fuß des Berges angekommen, wende ich mich dem rechten Grat zu. Es ist eine leichte Kletterei, nur wenn ich einmal in einen kurzen Schattenbereich abgedrängt werde, muss ich mir tastend weiterhelfen, ansonsten leuchtet mir das durch keinen Dunst oder Smog gedämpfte Mondlicht klar meinen Weg.

Gegen 2 Uhr bin ich am Gipfel. Selten habe ich mich so klein und gleichzeitig so voll an großen Gefühlen, so melancholisch und überglücklich zugleich gefühlt. Man möchte einfach immer weiter gehen, den schattigen Abhang hinunter und die gegenüberliegende mondbeschienene Flanke des nächsten Berges hinauf bis an den Horizont dieser grandiosen, endlos scheinenden Mondlandschaft. Über mir strahlt in lange nicht mehr gesehener Klarheit die Milchstraße. In meiner Jugendzeit habe ich sie in unseren Bergen auch noch gesehen – heute kann man sie nicht einmal mehr erahnen. Ich spiele ein bisschen auf meiner Flöte. Den Hund höre ich immer noch weit unter mir.

Wie eine den Skifahrer einladende Schneefläche liegt die Sandflanke zwischen den beiden Graten unter mir im hellen Mondlicht. Und wie ein Skifahrer laufe ich in großen Schwüngen hinunter zu meinem kleinen Zelt. Der Morgen lässt meine „Abfahrtsspuren" deutlich erkennen.

Der Hund bellt bei meiner Ankunft immer noch. Allerdings merkt man, dass 4-5 Stunden Bellen auch an ihm nicht spurlos vorübergehen. Als er endgültig nicht mehr kann, übernimmt ein Kollege in weiter Entfernung.

Ich leihe mir für den Vormittag unseren Chevy und fahre in die nicht sehr weit entfernte kleine Stadt, um ein wenig durch den Basar zu stöbern. Als ich zurückkomme hat mein José den Grund für die nächtliche Ruhestörung herausgefunden: Eine Ziege hatte offenbar ein unverhofftes Schlupfloch im Maschendrahtzaun entdeckt und sich in die Freiheit gezwängt. Man braucht nicht viel Phantasie, um sich die groteske Situation vorzustellen: Die Ziege, wie sie nach ihrem ersten Freiheitsrausch ernüchtert außerhalb des Zaunes steht und eigentlich am liebsten wieder zu ihren Artgenossen hinein möchte und innen der in seiner Aufpasserfunktion zu tiefst gekränkte Hund, der nicht hinausfindet.

Auch wenn ich für kurze Zeit, in meiner Nachtruhe gestört, ähnlich gekränkt in meinem Zelt gelegen bin – ich danke dir, Hund, für diese einmalige Nacht!

Das hätte auch schief gehen können

Das herrliche Mittsommerwetter hatte schon seit einigen Tagen meinen Seelenfrieden gestört. Das mag für normale Menschen paradox klingen. Woraus unschwer der Umkehrschluss gezogen werden könnte, dass Bergsteiger keine normalen Menschen sind. Und wahrscheinlich trifft das auch zu. Sollte der normale Mensch nun aber aus diesem Fast-Geständnis ableiten, dass er, der normale Mensch, unter den verschiedenen Kategorien von Menschen, nämlich den normalen, den Briefmarkensammlern, den Birkenstockfetischisten und eben den Bergsteigern in einer Wertigkeitsskala über den anderen anzusiedeln sei, so irrt er. Der Bergsteiger nimmt sogar den Nimbus des Nicht-Normalseins für sich in Anspruch, um sich damit weit über dem normalen Menschen, von den Briefmarkensammlern etc. ganz zu schweigen, einzuordnen.

Auch wenn es so klingen mag: Diese analysierenden Betrachtungen haben noch nichts mit dem Titel dieser Geschichte zu tun.

Ein im Seelenfrieden gestörter Familienvater ist – nach meiner festen Überzeugung – auch kein Gewinn für die Familie. Was mir als zusätzlicher Motivationsschub diente, um am Freitag-Mittag zusammen mit einem Rucksack im Zug von München nach Mittenwald zu sitzen.

Der Rucksack enthielt 2 Bierbüchsen, Proviant für 2 Tage, ein kurzes Seil und minimale Kletterausrüstung, einen Biwaksack und die üblichen Kleinigkeiten vom Fotoapparat über die Rucksackapotheke bis zur Stirnlampe. Und eine Daunenjacke, denn ich hatte vor, die Nacht am Wet-

tersteingrat irgendwo zwischen der Oberen Wetterstein-
spitze und der Meilerhütte, die in dem Sattel zwischen
Musterstein und Dreitorspitze steht, zu verbringen.

Zu Fuß und stückchenweise per Anhalter lasse ich allmählich bebautes Terrain hinter mir. Es ist schon etwas
nach 17 Uhr, als ich mich an den Aufstieg zum östlichs-
ten Eckpfeiler des Wettersteinkammes mache. Das helle
Rot der Alpenrosenbüsche kontrastiert aufregend mit
dem dunklen Blaugrün von Ferchensee und Lautersee,
die immer weiter unter mir zurückbleiben. Ein erstauntes
Pärchen kommt mir von oben entgegen – der geht doch
in die falsche Richtung um diese Tageszeit? Dann bin ich
allein. Die Wärme des Tages ist noch eingespeichert in
die Felsen, aber der leichte Bergwind lässt schon die
Abendkühle erahnen. Das Steigen schmeckt nicht nach
Anstrengung, nach Verausgabung, es ist ein harmoni-
scher, die abrufbare Kraft testender Ablauf. Das Höherkommen, das Eintauchen ins Alleinsein schwemmt Freude, Stolz und verkapselte Glücksgefühle an die Oberfläche.
    Am Gipfel der Oberen Wettersteinspitze gönne ich mir
eine Rast. Das Abendlicht hat die Schärfe des Tages abgelegt, die vielen Blautöne, die mit der Entfernung kor-
respondieren, sind ein immer wieder berauschendes Erlebnis.
    Lange lasse ich mir nicht Zeit. Ich möchte heute noch
etwa bis in die Mitte des Grates kommen. Ich bin auf
etwas mehr als 2000m, und der Grat verläuft zunächst
weitgehend horizontal, das Gelände ist gut gangbar, nur
selten muss ich die Hände zu Hilfe nehmen.

Die Sonne hat sich schon verabschiedet. Allerdings nicht hinter dem gezackten Horizont, sondern hinter einer wachsenden dunklen Wolkenwand. Das riecht nach Gewitter und wenn ich etwas fürchte, dann sind es Gewitter. Wenn man das Schauspiel entfesselter Naturgewalten vom Fenster und der Geborgenheit einer Hütte aus beobachten kann, dann ist es ein faszinierendes Erlebnis. Wenn man aber in einer steilen Felswand oder – noch schlimmer – an einem exponierten Grat ohne die Möglichkeit des Davonrennens einem Gewitter ausgeliefert ist, so werden Urängste freigelegt, die unwillkürlich zu einer Abbitte an den normalen Menschen auffordern.

Das latente Unheil droht heute noch weit entfernt im Westen. Trotzdem gehe ich auf Nummer sicher, als ich mich endlich der hereinbrechenden Dunkelheit beuge. Das Seil habe ich an einem Felskopf verankert und daran sichere ich mich gut 10m in die Südflanke hinunter, wo ich im Ernstfall wenigstens einen Unterschlupf vor dem Regen habe. Ich mümmle mich in die Daunenjacke, was unmittelbar ein wohliges Gefühl der Geborgenheit aufkommen lässt. Den Biwaksack ziehe ich mir vorerst nur bis zu den Hüften. Ein grobes Stück Brot und Käse hat das Messer im Schein der Stirnlampe abgesäbelt – es ist erstaunlich, wie wenig man bei starker körperlicher Belastung braucht. Der größte Durst wird aus der Wasserflasche gestillt. Und dann kommt das weihevolle Öffnen der Bierbüchse!

Man könnte es meinem leiblichen Wohlgefühl zuschreiben, dass ich das lauernde Unwetter völlig verdrängt habe. Aber da ist noch etwas anderes: Die Nacht ist vollkommen ruhig, wenn sich in gefährdender Nähe tatsächlich heute noch etwas entladen sollte, dann hätte ich längst ein fernes Donnergrollen vernehmen müssen. Somit beschließe ich in doppelter Seligkeit, das Gewicht meines Rucksacks auch um das der zweiten Bierbüchse zu erleichtern – als ein gellender Hilfeschrei die Nacht durchbricht. Und noch einmal: „Hilfe!" Es ist eine weibliche Stimme. Aber das realisiere ich erst später.

Vor lauter entsetzter Aufregung finde ich zunächst gar nicht den Schaltknopf meiner Stirnlampe. Obwohl das ohnehin keinen Sinn macht. Dann antworte ich: „Wo seid ihr? Was ist passiert?" Der Schrei hätte von überall her kommen können. Es hat aber ausgesprochen nah geklungen. Natürlich sagt das nichts, wo sich drüberhalb des tiefen Kares unter mir schon wieder hohe Flanken aufsteilen und jeden Laut orientierungslos zurückwerfen. Und noch mal: „Hallo! Was ist los? Wo seid ihr? Ist jemand verletzt?" Aber die Nacht scheint jede Antwort verschluckt zu haben.

Was kann, was soll ich tun? Die Wände unter mir fallen weitgehend senkrecht mehrere hundert Meter ab, den Grat im Schein der Stirnlampe weiterzugehen – schaffe ich das? Macht das überhaupt Sinn? Nein, wohl nicht, nachdem ich nicht einmal mehr eine Antwort bekomme.

Trotzdem ist mir die Lust auf die zweite Bierbüchse vergangen. Ich ziehe mir den Biwaksack über den Kopf, aber die einsamkeitsselige, romantische Abenteurerstimmung ist mir gründlich abhanden gekommen.

Mit dem ersten Licht schäle ich mich aus meinen Nachtutensilien, schiebe mir ein paar Dörrzwetschgen in den Mund und klettere wieder die wenigen Meter zum Grat hinauf. Es ist ein traumhafter in Pastell gemalter Morgen. Normalerweise würde ich mich auf dem nächsten Felsblock niederlassen und eine Weile in die Weite staunen. So aber haste ich das erste Stück des weiterführenden Grates entlang, obwohl ich mir bei realer Einschätzung sagen müsste, dass die Eile gar keinen Sinn macht. Dann aber erwartet mich wirkliches Klettergelände, hier heißt es nicht nur, die Hände aus der Hosentasche nehmen, sondern auch den Sog der Tiefe, die Ausgesetztheit von 400m Luft unter sich zu verdauen. Das hätte mich vielleicht gleichzeitig gefordert und beglückt ohne die Ereignisse der Nacht. Doch die Stimmung ist nicht danach, gleichzeitig aber lenkt mich die Konzentration auf die Realität ab.

Kurz nach 10 Uhr bin ich am Ende des Grates bei der Hütte, die sich in der Scharte vor dem Aufschwung der Dreitorspitze an die Gratfelsen schmiegt und mache Meldung. „Ja, und was soll'n wir jetzt machen?" Das weiß ich natürlich auch nicht, aber ich hatte gedacht, sie wüssten es. Schließlich gibt man mir den Rat – da ich nach Süden ins Leutascher Tal absteigen werde – dort unten die Bergrettung zu verständigen.

Der Weg durch das Bergleintal hinab in das herrlich zwischen hohe Wände eingezwängte Hochtal von Leutasch, 1300 Höhenmeter tiefer, ist lang. Eine felsige Steilstufe direkt unterhalb der Hütte führt hinunter aufs Leutascher Platt, dann geht es eine Weile etwas flacher durch das Geröll des breiten Kares zwischen Musterstein und Öfelekopf, bevor der Pfad in steilen Serpentinen in den Bergwald hinunter führt. Nicht weit oberhalb dieses neuerlichen Steilstücks steht auf einem der wenigen ebenen grasgepolsterten Inseln im Grau des Kalkschutts ein kleines Zelt. Das war selbst in den zurückliegenden 40 Jahren nicht üblich – aber noch möglich. Die Fanatiker unter den Naturschützern würden heute einen Schrei-krampf bekommen!

Ich habe das Bild deutlich vor mir: Ein junger schneidi-ger Bursch, verliebt in ein Mädchen, das wie er seine Freude an Natur und Bergen hat. Er verspricht ihr, sie mit auf eine Bergtour zu nehmen – vielleicht muss er sie ein bisschen locken und überreden – und schließlich sagt sie ja. Die selige Zweisamkeit, seine Verliebtheit in eine laute, überfüllte Berghütte hineinzutragen, scheint ihm wie ein Sakrileg. Deshalb holt er den großen Rucksack vom Speicher, das Zelt, die Isomatte, den Schlafsack, den Kocher und schleppt dies alles bis in dieses unwirtliche Kar herauf, findet abseits des Weges diese grasige Oase inmitten der endlos scheinenden Wüste aus grauem Kalk. Sie freuen sich über ihren winzigen Unterschlupf unter den hochaufragenden Felswänden, freuen sich an ihrer Gemeinsamkeit in der Einsamkeit, an den Farbenl des Abendhimmels, am Schnurren des Gaskochers vor ihrem Zelt, am Verlöschen des Tages. Dann wird es kühl, sie nehmen ihr Glück mit hinein in ihr fragiles Nachtquar-tier. Und dann kuscheln sie sich aneinander, spüren sich und küssen sich. Aber als er sie wieder aus ihrem Schlaf-sack schälen will, sagt sie „Nein, das nicht" und er weiß, dass ein weibliches Nein anderen Gesetzen unterliegt und lässt sich nicht entmutigen und sie sagt „Wenn du keine Ruhe gibst, schreie ich um Hilfe", wohl vermutend, dass sie ohnehin niemand hören wird. – Und in der berechtig-ten Hoffnung, dass es ihn nicht abhalten wird.

Das hätte aber auch schief gehen können!

Die Schweinebucht

Korsika! Nichts hatte damals für mich einen ähnlich markigen, markanten Klang. Diese Konsonantenfolge garantierte förmlich Wildheit und Abenteuer. Ich hatte Fotos gesehen: Knorrige Föhren neben klarem, grünen Wasser in allgäu-ähnlichen Gumpen und dahinter lockende Felsgebilde, die sich in den dunkelblauen Himmel reckten. Verführerisch wie die gelben Felszinnen und -dome der Dolomiten, nur um einiges weiter entfernt und schon allein deswegen noch eine Kategorie prickelnder. Und dann noch mitten im Meer gelegen!

Mit der Kombination Berge und Meer hatte ich auf einen Sowohl-als-auch-Effekt gehofft und Glück damit gehabt: Sowohl mein angestammter Kletterpartner war selbst unter der Einschränkung, dass da auch ein bisschen Familienzeit einzuplanen sei, erfolgreich überzeugt worden als auch mein mäßig schwangeres Eheweib, der ich nach dem wortreichen Ausmalen der Sonnenuntergänge an Meeresgestaden nebenbei unterschob, dass ich gegebenenfalls auch ein- oder zweimal kurz zum Klettern gehen würde, weil – wie es der Zufall so will – mein Kletterpartner just zu dieser Zeit auch ein paar Tage in Korsika vorbeischauen wollen würde. Auch wenn es den doppelten Konjunktiv nicht in jeder Sprache gibt – ich halte ihn schon für eine wesentliche Errungenschaft der Menschheit.

Natürlich waren wir zu dieser Zeit – man schrieb das Jahr 1970 – und in diesem Alter – ich war gerade 30 – mit dem Zelt unterwegs. Um einige Jahre später und dieses Mal mit drei erfolgreich ausgebrüteten Schwangerschaften waren wir noch einmal mit dem Campingbus auf der Insel. Wo wir uns das erstemal mehr oder weniger niederlassen konnten, wo es uns gerade gefiel, fanden sich zwischenzeitlich genau dort Verbotstafeln. Das ließ uns wehmütig an die schöne Zeit dieser ersten Unternehmung zurückdenken. Die Insel an sich hatte aber nichts eingebüßt an Charme und Schönheit, die aus den Bergen gespeisten Bäche waren immer noch grün und klar und frisch, die Felsfiguren der Berge lockten immer noch vor dunkelblauem Himmel und das Meer schien immer noch nichts von Umweltverschmutzung gehört zu haben.

Doch zurück ins Jahr 1970. Getrennt reisten wir an, der Freund mit Freundin im VW Käfer undefinierbaren Alters, wir fuhren damals einen gerade erst gebraucht erworbenen, schönen, dunkelblauen VW Variant. Ausgesprochen stolz war ich auf dieses Gefährt und entsprechend erbost, als der Kranführer, der mein Schmuckstück auf die Nachtfähre Livorno-Bastia hievte, dieses erst einmal an die Planken seines Schiffes bumsen ließ. Meine englisch vorgetragene Protestrede – schließlich war ich der Meinung, dass auf hoher See eine international verständliche Sprache gepflegt würde – prallte unverstanden an dem reichlich dekorierten Bootspersonal ab, ohne irgendeinen Eindruck zu hinterlassen.

Unser erstes Ziel war das Tal von Asco, wo wir uns treffen wollten. Eingerahmt von über 2000 m hohen Bergen führt ein Sträßchen bis auf 1400 m in den Talschluss, über dem der Höchste der korsischen Bergketten, der Monte Cinto mit 2700 m und einer der Schönsten, der Capu Larghia, thronen. Letzterer hatte einen herrlichen granitenen Nordgrat, den wir sozusagen als Eingehtour auserkoren hatten. Denn unser eigentliches Streben galt der Paglia Orba, mit ihrer „Adler-Route", die damals als die schwierigste Kletterei auf Korsika gehandelt wurde. Ihren Namen verdankte diese Führe dem Umstand, dass sich in dieser Wand ein Adlernest befand, an dem man in nicht allzu großer Entfernung vorbeizuklettern hatte.

Zunächst galt es aber einmal Quartier zu beziehen im hinteren Asco-Tal. Und sich zu finden! Was das Quartier betrifft, so war das nur insofern ein Problem, als wir uns kaum entscheiden konnten, wo wir unser Zelt aufschlagen sollten. Unter all den traumhaften Plätzen die Wahl zu treffen, war schon sehr schwierig. Die Grundvoraussetzung, dass der Untergrund möglichst eben sein sollte, war vielfach gegeben. Die übrigen Wünsche nach Wassernähe, Schatten für die Mittagszeit, Sonne für den Morgen oder/und Abend schienen nicht unerfüllbar, so dass man durchaus noch Feinheiten wie Ausblick, das Vorhandensein einer ebenen, zum Kochen und Speisen geeigneten Felsplatte, Polsterung des Untergrundes und Blumenschmuck in die Waagschale der Auswahl werfen konnte. Auch meine vorerst um den versprochenen Sonnenuntergang am Meer betrogene Begleiterin war begeistert, worüber ich verständlicherweise sehr froh war.

Ein kleines Feuerchen zur ersten Flasche korsischen Rotweins gab dem ohnehin von einem überschwänglichen Tag übervollen Herzen einen zusätzlichen Kick, der Geruch des Holzfeuers mischte sich mit dem würzigen Duft der Pinien und über den schwarzen Kulissen der Berge, die sich gerade noch gegen den nachtdunklen Himmel abhoben, funkelte eine Flotte von Sternen. Viel hatten wir nicht geschlafen auf dem Deck der Fähre und so waren wir einigermaßen müde, sonst wären wir wahrscheinlich noch lange gesessen in unserem Glück, hätten das Spiel der ab und zu noch aus der Glut aufzüngelnden Flammen verfolgt, hätten dem Rauschen des Baches und den Geräuschen der Nacht gelauscht.

War das ein Morgen! Ein Zwitschern und Zirpen und Summen und keine deutsche Welle vom deutschen Nivea-Duft verbreitenden Nachbarn eines deutsch annektierten Campingplatzes an der Adria. Nachdem ich meine Schöne mit einem kräftigen Frühstück zufriedengestellt hatte, packte ich ein paar Kleinigkeiten in den Rucksack und wir wanderten ziellos in den sonnigen Tag hinein. Überall sprudelte und sprühte klares, köstliches Wasser über Felsplatten, zwischen Blumenbuschen hindurch, sammelte sich grün in jahrtausendelang ausgehöhlten Steinbassins. Ich war unendlich glücklich, mit ihr, mit dieser kaum in Worte zu fassenden Schönheit, mit der Freiheit von allen Alltags-Zwängen – und in Erwartung einer rassigen Klettertour. Denn der Capu Larghia sperrte aufreizend dominant und herausfordernd das Tal und ich hatte immer wieder meine Augen auf dem aufregend steilen Nordgrat spazieren gehen lassen, mir immer wieder den Routenverlauf vorzustellen versucht.

Als wir es uns – faul in der Nachmittagssonne liegend – an unserem Zeltplatz gut gehen ließen, drang das unverkennbare Geräusch eines nicht mehr ganz werksfrischen VW an mein Ohr. Und da entstieg er auch schon seinem altersschwachen Gefährt, mein Freund und Seilpartner Obstler – der eigentlich Obster hieß, aber aus naheliegenden Gründen von uns umgetauft worden war. Das ist der Vorteil dieses eng geformten Tales, dass man praktisch nicht aus kann und sich folglich auch ohne genauere Vereinbarung treffen **muss**.

Seine Freundin hatte er vermutlich mit der gleichen Sowohl-als-auch-Taktik becirct, wie ich das mit meiner Angetrauten getan hatte und sie nahm es auch relativ gelassen, dass sie sich morgen Früh ihr Frühstück würde selbst komponieren müssen, weil wir zu dieser Zeit wahrscheinlich bereits am Einstieg zu unserem Nordgrat sein würden.

Es war erstaunlich frisch, als ich beim ersten Dämmern den Benzinkocher an sein Berufsethos gemahnte. Eine Tasse Tee, zwei Marmeladenbrote, dann waren wir auf dem Weg. Der Rucksack drückte – wahrscheinlich hatte es sich der Kletterhammer oder der Fotoapparat wieder genau auf der Rückenseite bequem gemacht – aber in mir wirbelte das immer gleiche und doch immer wieder neue Gefühlsgemisch aus Anspannung, Vorfreude auf einen tollen Tag und einem Anflug von Angst vor all den möglichen Gefahren und Schwierigkeiten eines solchen Tages. Das Gras war nass vom Nacht-Tau, die Dämmerung war diesem unvergleichlichen Morgenpastell gewichen, die Konturen wurden nun wieder scharf, Farben gewannen an Kraft.

Es war die erwartet rassige Kletterei in eisenhartem, dunklem Granit, mit herrlichen Tiefblicken auf luftigen Kanzeln und dem Glücksgefühl des Könnens. Wir wechselten uns in der Führung ab und freuten uns mit dem anderen, wenn das Seil zügig durch die Hand lief und waren mit ihm angespannt, wenn es über längere Zeit stockte, sogar wieder zurückkam, um schließlich mit einem spürbar konzentrierten Kletterzug die schwierige Stelle zu überlisten.

Vermutlich lässt es sich einem „normalen" Menschen nicht vermitteln, dieses Gefühl aus Glück über einen schönen, einen ausgefüllten Tag, aus Zufriedenheit, resultierend aus Müdigkeit und einem gewissen Stolz über das Geleistete und dem Abfallen der stundenlangen Anspannung, dem Moment, wenn man die einen ganzen Tag lang eingesperrten Füße von den Schuhen befreit. Und dem ersten Schluck Bier, dem völlig neuen Geschmack einer selbst komponierten Pasta, dem Widerschein des Feuers im Rotwein gefüllten Senfglas.

Nach einem wohlig sich räkelnden Morgen brachen wir unser Lager ab und machten uns auf den Weg zur Westküste. Kurve reihte sich an Kurve, zunächst wieder hinaus aus den gorges de l'Asco, dann quer durch das immer hügelige bis gebirgige Land bis wir auf der Küstenstraße von einem atemberaubenden Ausblick nach dem anderen überwältigt wurden. In der Bucht von Galéria fanden wir einen kilometerlangen Kiesstrand, den wir ganz allein für uns hatten.

Es war August und trotz Meeresbrise machten sich die 7 Breitengrade südlicher unseres üblichen Lebensbereiches deutlich bemerkbar. So bauten wir unsere Zelte so gut es ging in das bis zu dem breiten Kiesstreifen reichende buschige Unterholz, um wenigstens für die Mittagshitze ein schattiges Refugium zu haben. Vor allem unserem Proviant versuchten wir ein einigermaßen kühles Plätzchen zu finden. Die hereinrollenden Brandungswellen lockten immer wieder zum Hineintauchen, der Schweiß des vergangenen Tages hatte sich längst mit dem Salz des Meeres vermischt und die etwas strapazierten Gliedmaßen begannen sich wieder zu erholen.

Den versprochenen Sonnenuntergang gab es hier tatsächlich und auf dem breiten Kiesband konnten wir bedenkenlos ein wahres Freudenfeuer lodern lassen. Der Schein des Feuers brach sich an den Wellen, Funkenstürme sprühten wie bei Eruptionen in den nachtschwarzen Himmel, die Geräusche des Meeres, des Feuers und der Nacht umfingen uns und wir fühlten uns wie kleine Eroberer in dieser uns ungewohnten Umgebung.

Noch einen Faulenzertag gönnten wir uns und unseren Weiblichkeiten, dann wollten wir uns an die Paglia Orba machen. Unsere Bucht hatten wir nicht wahllos auserkoren. Genau hier zweigte von der Küstenstraße ein angeblich befahrbarer Weg ab, der uns zumindest in die Nähe unseres Zieles bringen sollte. Der Beschreibung nach würden wir für die NO-Wand so ziemlich den ganzen Tag brauchen. Daher packten wir am Nachmittag unsere Rucksäcke, um abends noch so weit hinauf zu fahren, wie es unsere VW-Motoren schaffen würden und möglicherweise noch bis in die Nähe des Wandfußes aufzusteigen und dort zu biwakieren. Der Obstler wollte sich diese Biwaknacht noch etwas versüßen und nahm seine Freundin mit. Mein tapferes Weibchen ließ ich als Hüterin unserer Zelte allein zurück, mit dem Versprechen, die nächste Nacht wieder mit ihr zu teilen.

Der Biwaksack war innen feucht von der Körperausdünstung, das Gras nass vom Tau als wir beim ersten Licht unsere vom harten Lager leicht derangierten Glieder massierten. Ein Ranken Brot, ein Zipfel Wurst und ein paar Schluck aus der Wasserflasche, dann verstauten wir die Biwakausrüstung und die Rucksäcke unter einem Felsbrocken, behängten uns mit Seilen, Reepschnüren, Karabinern und Haken und strebten der schattig und finster dreinblickenden Wand zu. Hoch im überhängenden Teil hob sich deutlich der weiße Fleck des Adlernestes gegen den schwarzen Porphyr ab.

Die erste Seillänge war nicht übermäßig schwer, aber gewöhnungsbedürftig: Man musste sich runden Konglomeratsteinen, die aus dem schwarzen Hauptfels herausragten anvertrauen. Auf 40 m Seillänge fand ich in dem kompakten Fels eine einzige Möglichkeit für eine Zwischensicherung. Das stellte die Moral auf eine hohe Probe und daran änderte sich auch für den Rest der Route nicht viel – nur dass es kontinuierlich schwerer wurde. Aber wenigstens brüchig war diese Führe nicht! Etwa 10 Meter unterhalb des Adlernests führte uns ein Quergang nach links, aber unsere Bedenken, ob der Adler unser Näherkommen gegebenenfalls missverstehen und ungemütlich reagieren könnte, waren überflüssig. Das Nest war nicht bewohnt.

Mit Unbehagen hatten wir allerdings schon die ganze Zeit über registriert, dass an den Standplätzen relativ neu erscheinende Reepschnüre zu finden waren. Das verhieß nichts Gutes. Es deutete auf einen Rückzug hin. Tatsächlich fanden wir hinterher heraus, dass es einer Schweizer Seilschaft wenige Wochen vor uns oben hinaus zu schwer geworden war und sie wieder abgeseilt hatten. Das ist wirklich eine Sondergemeinheit dieser Route, dass die schwierigsten Stellen erst kurz vor dem Ausstieg auf einen warten – und ein Rückzug ist immer unangenehm und nervenaufreibend.

Wir erreichten den Gipfel gegen 14:30 Uhr. Erst jetzt nahmen wir den fantastischen Ausblick richtig wahr: Wo hat man das schon, dass die Augen statt am nächsten Berg hängen zu bleiben, 2500 m tiefer auf die gleißende

Fläche des Meeres treffen. Allzu lange gaben wir uns aber der Gipfelfreude nicht hin, wir hatten noch einen langen und uns unbekannten Abstieg vor uns und ich trug überdies schwer an meinem Versprechen, heute Abend wieder den Schutz meiner unsere Zelte beschützenden geliebten Ehegattin zu übernehmen.

Die Dunkelheit war schon lange hereingebrochen, als ich mein Auto wieder auf den einsamen Kiesstrand hinunter chauffierte. Mein Seilpartner hatte sich beim erfreulichen Anblick seiner bei den Rucksäcken auf ihn wartenden Gespielin spontan entschlossen, noch eine Biwaknacht unter unserer Wand zu verbringen. Ich sah schon von weitem das kleine Feuer am Strand und freute mich auf einen freudigen Empfang durch **meine** Gespielin. Aber daraus wurde nichts.

Ich fand eine völlig aufgelöste Frau vor. Sie sei überfallen worden und sie habe sich jetzt bewusst hier am Strand niedergelassen und sie wolle nicht mehr zu dem Zelt zurück und außerdem hätten wir praktisch keinen Proviant mehr. Alles sei von den Schweinen aufgefressen worden. Ich brauchte nach dem ersten Schreck eine Weile, bis ich verstand, dass das mit den Schweinen nicht eine drastische Beschreibung der Räuber sondern wörtlich gemeint war. Eine Horde von etwa 40 wilden Hausschweinen hatte nicht nur unsere sämtlichen Bestände vom Brot über Wurst und Käse, Nudeln, Schokolade, Trockenobst bis hin zu eingeschweißtem Pfanni-Püree vertilgt, sondern überdies das Zelt niedergetrampelt und auf den Resten ihre Duftmarken hinterlassen.

Es dauerte lange, bis ich mein aufgebrachtes Weibchen in meinen Armen wieder in eine friedliche Stimmung gebracht hatte.

Schottischer Charme

Damals waren wir gerade im Begriff eine Dreier-Familie zu werden, als ich als wissenschaftlicher Zuhörer im Herbst an einem Symposium im altehrwürdigen Oxford teilnehmen durfte. Das Thema dagegen war sehr modern und beschäftigte sich mit der geodätischen Nutzung von Erdsatelliten. Und für meinen damaligen anschließenden Solo-Urlaub in Schottland hatte ich die Fortbewegungsmethode des Per-Anhalter-Fahrens gewählt. Mehr aus der Not denn aus ursprünglichem Antrieb geboren, weil die werdende Mutter nicht auf mich **und** das Auto verzichten wollte.

Diesmal waren wir nach zwischenzeitlicher Fünfer-Familie bereits wieder auf das ursprünglicher Zweiermaß geschrumpft – die letzte noch im Familienverbund verbliebene Tochter hatten wir erfolgreich bei ihrer französischen Austauschschülerin untergebracht – und konnten uns somit wieder unbeeinflusst von mäkelnder Nachkommenschaft unseren Urlaubsgelüsten hingeben. Dazu hatte ich von Privat sehr günstig ein Wohnmobil gemietet und nun war ich also ein zweites Mal auf dem Weg nach Schottland, um meiner Frau zu zeigen, was mich damals so begeistert hatte.

Natürlich darf man nicht zu der Kategorie derjenigen gehören, die ihren Bauch am liebsten 14 Tage lang inmitten Nivea gesalbter deutscher Bäuche in die Rimini-Sonne halten. Wenn man aber Freude an teilweise wilder Natur, an gleichermaßen wilden Wetterwechseln – und an manchmal zumindest wild anmutenden Bewohnern mit einer wilden Sprache hat, dann ist man in Schottland zweifellos richtig. Ja, ja, die Bewohner muten durchaus manchmal wild an, woran ihre Sprache einen durchaus grundsätzlichen Anteil hat. Das ließe sich sehr treffend mit unverfälschtem Allgäuerisch vergleichen und dem solch gutturale Laute aus kaum bewegtem Mund hervorpressendem, grundsätzlich gefährlich dreinschauendem Allgäuer. Dass sich aber hinter schroff und abweisend anmutendem äußerem Eindruck meist eine kaum vermutete Herzlichkeit verbirgt, davon soll diese Geschichte erzählen.

Die Tochter war in der Nähe von Caen in die offenen Arme ihrer französischen Familie entlassen, der Kanal war ohne ungewollte Fischfütterungen überquert und inzwischen hatte ich mich auch wieder erstaunlich schnell an den ungewohnten Linksverkehr gewöhnt. Im Lake District hatten wir zwei schöne Tage durchwandert, in den Tweedsmuir Hills hatte unser mobiles Heim ein böses Wetter unbeschadet überstanden, obwohl es gefährlich im Sturm gewackelt hatte und nun waren wir auf dem Weg zur Hauptstadt, nach Edinburgh.

Damals habe ich dort wohl in einem YMCA genächtigt, obwohl ich daran keinerlei Erinnerung mehr finden konnte. Wohl aber konnte ich mich noch erinnern, dass mir der damalige klettersportliche Leiter bei der Firma Salewa, der außerdem – so wie ich – Mitglied der Hochtouristengruppe in unserer Alpenvereinssektion war, einen Tipp mit auf die Reise gegeben hatte, an welches Sportgeschäft ich mich in Edinburgh wenden sollte, wenn ich irgendwelcher weitergehenden Informationen über Klettereien am Ben Nevis bedürfte. Als ich mich in besagtem Geschäft gerade vorstellte und mich auf meine Bekanntschaft mit dem Salewa-Experten berief, schrie ein Mitarbeiter aus dem angrenzenden Raum, der offenbar unser Gespräch überhört hatte „Gosh, he's right on the phone! You want to talk to him?" Abends, so erinnerte ich mich auch noch, wäre ich dann beinahe verführt worden. Natürlich wollte ich ein bisschen Pub-Atmosphäre schnuppern und fand auch ein ausgesprochen uriges. Es gab Live-Musik und ich war erstaunt, wie viele der Anwesenden offensichtlich die Texte kannten, denn die meisten beteiligten sich lautstark am gesanglichen Geschehen. Irgendwann – für deutsche Verhältnisse jedenfalls ungewohnt früh – war es dann aber Schluss mit alkoholischem Ausschank. Da sprach mich einer der eifrigen Sänger an, er wisse ein Lokal, wo es noch etwas zu trinken gäbe. Also folgte ich ihm „eagerly". Es gab zwar das Lokal und es gab auch etwas zu trinken, allerdings nur Tee. Nachdem ich mich davon nicht so begeistert zeigte, verriet er mir konspirativ, dass er zuhause noch eine Flasche Whiskey habe. Dort gestand er mir dann zwar nicht direkt, was er von mir wollte, aber allmählich dämmerte es selbst durch meine Naivität. Nachdem sich herauskristallisierte, dass es auch die in Aussicht gestellte „bottle" gar nicht gab, bat ich ihn, mir nicht böse zu sein, wenn ich seinen Verführungskünsten nicht nachgäbe. Immerhin konnte ich meiner Frau auf der nächsten Postkarte berichten, dass meine Attraktivität selbst nahe des 60. Breitengrades unwiderstehlich sei!

Derartige nächtliche Abenteuer würde ich dieses Mal in Begleitung meiner Gattin wohl kaum erleben. Allerdings könnte es ein nächtliches Drama geben, wenn ich nicht bald einen Stellplatz für meinen Camper finde. Davon abgesehen, dass ich mich nicht gern auf offizielle Campingplätze zwänge, hatten wir im abendlichen Dämmerlicht auch noch nirgends ein Hinweisschild auf einen solchen entdecken können. Es wäre halt angeraten gewesen, die Hauptstadt Schottlands doch etwas früher bei hellem Tageslicht anzusteuern! Im Stadtplan entdecken wir eine große grün angelegte Fläche – Holyrood Park – dort könnte sich am ehesten ein Plätzchen für uns finden. Ich gebe also meinem Gefährt die grob vermutete Richtung vor und tatsächlich werden wir aus den Häuserfluchten auf die Ringstraße eines weithin unbebauten Areals entlassen. Ein Straßenschild informiert uns, dass wir uns auf nichts Geringerem als dem Queen's Drive bewegen. Und da stehen sie, die europäisch vereinten Wohnmobile! Direkt vor der imposanten schmiedeeisernen Einfriedung des „Palace". Und direkt hinter dem Schild, das groß, gut leserlich und unmissverständlich darauf hinweist, dass hier das Nächtigen in abgestellten Wohnmobilen „strictly forbidden" ist. Wenn die Sachlage so eindeutig ist, dann habe ich normalerweise schon Skrupel, mich so dreist darüber hinwegzusetzen. Nach dem Motto „auf einen mehr oder weniger kommt es dann auch nicht mehr an" und in Anbetracht der hereinbrechenden Dunkelheit ignoriere aber auch ich das Verbotsschild und reihe mich zwischen einem Franzosen und einem Italiener ein.

Die Nacht war unbehelligt einem wunderschönen Morgen gewichen und so schäle ich mich schon bald aus dem Schlafsack und steige – bewaffnet mit dem Fotoapparat – ein Stück weit den Hügel des Holyrood Parks auf der anderen Seite der Straße hinauf. Das frühe Licht lockt zum Fotografieren und so bin ich einige Zeit damit abgelenkt. Als ich mich wieder auf den Weg hinunter zu unserem Nachtplatz mache, sehe ich, dass auch meine Schlafgenossin sich aufgerappelt hat. Und ich sehe mit Entsetzen einen Landrover in forschem Tempo auf den Platz vor dem Palace-Entrance einbiegen. Der Landrover ist außerdem unverkennbar mit polizeilichen Emblemen geschmückt. Da beschleunige ich meinen Abstieg, um mein geliebtes Weib vor finsteren Festungsmauern zu schützen. So weit ich aber während meines Herbeieilens erkennen kann, bleibt sie völlig unbehelligt von den ausübenden Vertretern der schottischen Staatsgewalt. Auch von dem links von uns geparkten Franzosen lassen sie bald wieder ab. Auf den Italiener dagegen scheinen sie es abgesehen zu haben. Ich komme gerade dazu, als einer der unter seinem ausladenden Schnurrbart grimmig dreinblickenden Policemen zum wiederholten Male an das vorhangbewehrte Fenster des Wohnmobils klopft. Schließlich lässt sich aus dem Inneren eine verschlafene weibliche Stimme vernehmen. „Que cosa?" „Excuse me, ma'am, but I'm afraid you shouldn't be parking here!" Sprichts und klettert zusammen mit seinem nicht minder martialisch anmutenden Kollegen wieder in den Landrover. Als ich mich neben der Beifahrertüre bemerkbar mache, kurbelt dieser sein Fenster herunter und hört sich mit unbewegtem Gesicht an, was ich einfach loswerden muss: Dass es mir leid täte, weil ja auch wir verbotenerweise auf „Her Majesty's Parking Lot" die Nacht verbracht hätten. Und dass ich ihre Ansprache an unsere italienischen Nachbarn überhört hätte und ich ganz begeistert sei von ihrer Art, wie sie das „gehandelt" hätten – und dass ich mir nicht vorstellen könne, dass ein deutscher Polizist in ähnlich höflicher Form zur Beachtung eines Verbotsschildes auffordern würde. „Well, that's because we're Scottish" lässt er mich in polizeilich forschem Ton wissen. Während er das Fenster wieder hochkurbelt, kräuselt sich unter dem furchterregenden Schnurrbart aber doch ein freundliches, gutmütiges Lächeln!

Fehlgeleitete Mutterliebe

Das war wahrlich eine Überraschung! 14 Tage vor Weihnachten konfrontierte mich ein Kollege mit der Frage, ob ich nicht Lust hätte, über die Weihnachtsfeiertage und Silvester eine Skihütte in den Ötztalern zu übernehmen. Nachdem ich kurzfristige Entscheidungen den Vorausplanungen und -buchungen Monate oder gar Jahre im Voraus grundsätzlich vorziehe, überraschte ich meinerseits meine Familie, dass wir die Weihnachtsfeiertage und Silvester auf einer Skihütte in den Ötztaler Alpen verbringen würden.

Die Familie bestand zu diesem Zeitpunkt aus – manchmal immer noch üblichen – Vater und Mutter, einem männlichen Spross von 8 Jahren und den beiden Mädchen mit 5 bzw. 2.5 Jahren. Das Alter des familiären Transportmittels übertraf das des männlichen Sprosses und war zu diesem Zeitpunkt ein Renault R12. Dieser Hinweis ist für die folgende Geschichte von einer gewissen Bedeutung.

Im Nachhinein kann man es ohnehin nicht mehr glauben, wie man das in jungen Jahren geschafft hat, die ganze Ausrüstung und das dazugehörige Personal in so einem Mittelklassewagen unterzubringen. Einfach war das auch nicht und bedurfte ausgeklügelter Schichtungsmechanismen des Vaters – und gelegentlich eines Machtwortes: Nein, für den Puppenkinderwagen war kein Platz mehr, ebenso wenig wie für die elektrische Eisenbahn. Jedenfalls war unser braver R12 auch dieses Mal mehr als ausgelastet.

Die Lage unserer Unterkunft war uns so beschrieben worden, dass man etwa das untere Drittel der Zufahrt selbst bewältigen könne, dann aber die Dienste eines Landrovers zwingend in Anspruch genommen werden müssten. Nun ja, das wollte ich mir erst einmal vor Ort anschauen. Schließlich hatte ich die Erfahrung von fast 20 Jahren hochalpinem, winterlichem Autofahren vorzuweisen!

Dann aber kam es ganz anders und der hochalpin Erfahrene wurde ziemlich kleinlaut. Was man eigentlich schon gar nicht mehr gewohnt war – dieser Winter hatte sich reichlich schneereich eingeführt, so dass nicht nur die Straßenränder von schmutzig grauem Schnee gesäumt waren, sondern die Straße selbst dick mit hellem Weiß gedeckt war. Der Nachmittag war schon fortgeschritten, als ich am Ende von Sölden in die Auffahrt zu unserem Domizil einbog. Es war eine relativ scharfe Rechtskurve, so dass ich wenig Schwung mitnehmen konnte in die nach dem Einbiegen abrupt einsetzende Steilheit. Weit kam ich nicht, dann drehten die Räder durch. Bislang hatte ich die Franzosen mit ihrem Vorderradantrieb als ausgesprochen wintertauglich kennengelernt, überhaupt nicht zu vergleichen mit den schlingernden deutschen Nobelkarossen. Insofern verblüffte mich das Versagen meines R12 schon etwas. Ich ließ ihn zurückrollen und startete von der Position aus, von der ich mir die größtmögliche Beschleunigung erhoffen konnte. Die Marke meines Erstversuchs konnte ich nur um wenige Meter nach oben steigern. Schneeketten hatte ich keine. So etwas hatte ich bislang auch noch nie gebraucht. Fahrerisches Können hatte mir die Notwendigkeit solcher Hilfsmittel bisher entbehrlich gemacht!

Nach drei weiteren vergeblichen Versuchen unter den immer skeptischer werdenden Augen meiner Begleiterin, wechselte ich die Taktik. Beim alten VW-Käfer – einem Wunderwerk an Schneetauglichkeit – bestand ja der Vorteil darin, dass – obgleich ein Hinterradantriebler – das Gewicht des Motors hinten lag. Also versuchte ich eine gleiche Situation für mein Vorderrad-Gefährt herbeizuführen, in dem ich dem Berg im Rückwärtsgang zu Leibe rückte. Nachdem ich auch damit im ersten Versuch scheiterte, obsiegte bei meiner Beifahrerin der Mutterinstinkt. Ergänzend wäre vielleicht noch zu berichten, dass nicht nur die Schneehöhe sondern auch die tiefen Temperaturen nicht dem Gewohnten der vergangenen Winter entsprachen. Zwar schwitzte ich angesichts der Situation und meiner gekränkten Autofahrerehre, aber der Rest der Familie fror erbärmlich und in Sonderheit fürchtete die Mutter um die körperliche Unversehrtheit des Nesthäkchens. Als ein großer chromblitzender Citroen hinter der Kurve auftauchte, war es sozusagen ein mütterlicher Reflex, dass sie – das Kind im linken Arm – dem gutaussehenden Fahrer mit dem rechten Halt gebot und ihn bat, ob er sie nicht mitnehmen würde. Sie würde dann oben auf uns warten, rief sie uns noch zu. Dann nahm der Citroen aus einer denkbar ungünstigen Anfahrposition heraus problemlos die Steigung! Da wurde mir klar, dass ein dicker Motor nicht nur für hohe Geschwindigkeiten auf der Autobahn von Vorteil ist.

Irgendwie – möglicherweise lag es an der Entlastung – schaffte ich es dann doch noch bis dort hinauf, wo an ein Weiterkommen mit dem eigenen Fahrzeug nicht mehr zu denken war. Schon allein aus dem Grund, weil es untersagt war. Ein Landrover brachte die verbliebene Familie samt Familienausrüstung bis in die Nähe unserer Hütte. Tatsächlich brachte er uns zum Alpengasthof „Gaislach-Alm", der sich wiederum in der Nähe unserer Hütte befand. Was für den weiteren Verlauf auch nicht ganz unbedeutend war.

Wir verbliebenen Drei schleppten also unser Hab und Gut zu unserem Domizil, ich testete – erfolgreich – die Zusammengehörigkeit von Schloss und Schlüssel und machte mich dann umgehend an die Arbeit, dem Eiskeller ein wenig Wärme einzuhauchen, indem ich in dem Ofen ein Feuerchen in Schwung zu bringen versuchte. Sobald es soweit gestärkt schien, dass es auch ohne meine Fürsorge überleben würde, scharte ich meinen Nachwuchs um die noch recht spärliche Wärmequelle und stapfte hinüber zum Gasthof.

Gemütlichkeit und Wärme waberten mir entgegen, als ich die Tür öffnete. Die Köpfe der wohlgeborgenen Wintersportler waren nicht nur von der Wärme angerötet, in der einen Ecke passte auch die Lautstärke der lustigen Unterhaltung zum Bild, das ich sah. Was ich allerdings nicht sah, waren mein Weib und meine Tochter. Nachdem ich den ganzen Raum erfolglos in Augenschein genommen hatte, wandte ich mich schließlich an die fesche Bedienung. Nein, eine Frau, auf die meine Beschreibung gepasst hätte, geschweige denn mit einer vermutlich quäkenden Tochter, sei an diesem Nachmittag noch nicht in ihrer Wirtsstube aufgetaucht. Ob es hier in der Nähe noch ein anderes Gasthaus gäbe, wollte ich wissen. Aber das war nicht der Fall. Draußen verlöschte das letzte Licht des Tages.

Ich lief zurück zu unserer Hütte. Den wartenden Kindern musste ich einen möglichst unbekümmerten Vater vorspielen, was mir aber vermutlich misslang, denn die mittlere Tochter fing an, still vor sich hinzuweinen. Nachdem ich wenig dagegen zu setzen hatte, stopfte ich wenigstens den Ofen so voll Holz, dass er auf jeden Fall eine gute halbe Stunde durchhalten würde. Dann stellte ich noch einen großen Topf Schnee auf die Herdplatte und versprach meiner verstörten Kinderschar, dass ich gleich wieder zurück sein und dann für uns eine heiße Suppe fabrizieren würde. Vom Gasthaus rief ich die Gendarmerie in Sölden an. „Haben sie sich gestritten?" wollte man als erstes wissen. Ich versicherte einem hörbar skeptischen Gendarmen, dass das nicht der Fall gewesen sei. Man nahm noch Personalien und die Beschreibung des Citroen entgegen – mehr war nicht zu machen.

Die Eiskelleratmosphäre unserer Behausung wich allmählich einer gewissen Behaglichkeit, wozu auch beitrug, dass ich das unangenehm kalte Neonlicht durch Kerzen ersetzt hatte. Das Holzfeuer regte sich gelegentlich im Herd, der Duft von warmem Essbarem hatte den leichten Anflug von Moder vertrieben. Die Stimmung war selbstverständlich gedrückt, obwohl ich meinen beiden Kleinen bestmöglich zu versichern versuchte, dass ihre Mutter – so wie ich sie bislang kennengelernt hatte – nicht umzubringen sei. Und ihre kleine Schwester schon zweimal nicht. Das wüssten sie schließlich am besten.

Um 19:30 Uhr klopfte es an unserer Türe. Die Gendarmerie habe gerade angerufen, erklärte der Hausbursche von der Gaislach-Alm. Sie seien jetzt bei ihnen. Vom Gasthaus aus bat ich den Polizisten am anderen Ende, dass er meinen Familienrest ja nicht mehr aus seinem

Gewahrsam lassen solle, bis ich sie selbst wieder in meiner Obhut hätte, was er mir auch versprach.

Von der Gaislach-Alm bis nach Sölden hinunter gibt es eine Rodelbahn, 5 km lang und heutzutage sogar nachts in Flutlicht getaucht. Soweit war man damals allerdings noch nicht. Ich lieh mir von den mitfühlenden Gasthausbetreibern einen Schlitten, informierte meine beiden tapferen Hüttenwächter, dass ihre Mutter und Schwester unversehrt seien, stülpte mir die Stirnlampe über und schoss in die Dunkelheit hinunter. Einmal kam mir eine Kurve etwas zu plötzlich und den im Hinterhalt liegenden Baum verfehlte ich nur knapp, aber schließlich konnte ich meine Restfamilie in die Arme schließen und die sichtlich erleichterten Gendarmen aus ihrer Verantwortung entlassen.

Was war geschehen? Die Auffahrt, an der ich zunächst gescheitert war und wo sich Frau und Tochter mit dem Citroen davon gemacht hatten, führte nicht nur zur Gaislach-Alm, sondern nach etwa einem Kilometer zweigte das Sträßchen nach Hochsölden ab. Dort war der Citroen-Fahrer in einem Hotel einquartiert und dort auch ließen es sich die beiden gut gehen bei Kaffee und Kuchen und in wohliger Wärme. Und in Erwartung ihres Ernährers, der sie in ihr endgültiges und – hoffentlich auch schon in Wärme getauchtes – Heim holen würde. Als sich auch in Hochsölden die Nacht breit zu machen begann, begann das auch meinem Weibe spanisch vorzukommen. Mit einem Anruf bei der Gendarmerie ließ sie sich aber um einiges länger Zeit als ihr besorgter Ehemann! Als sie sich dann mit einem Taxi zu Tal bringen lassen wollte, musste sie auch noch feststellen, dass sie uns völlig unbemittelt verlassen hatte, mit anderen Worten, nicht einmal ihre Zechschulden begleichen konnte. Offenbar war man aber auch im Hotelrestaurant erleichtert, sie endlich los zu sein, denn man ließ sie ohne Pfand oder eidesstattliche Erklärungen ziehen. (Es versteht sich von selbst, dass wir ein paar Tage darauf noch einmal in dem Hotel eingekehrt sind).

Die gerettete Schlange

Die „Äolischen Inseln" vermessen. Ob ich da mitmachen wolle, lautete die Anfrage. Und ob ich wollte! Obwohl ich zugegebenermaßen dann erst einmal den Atlas befragen musste, wo man sich denn da hinbegeben müsse, um sie vermessen zu können.

Nein, es war nicht Griechenland mit dem ähnlich klingenden „Ägäischen Meer", sondern die nördlich von Sizilien angesiedelte Inselgruppe im weit weniger ähnlich klingenden „Tyrrhenischen Meer". Dass es da den immer noch spuckenden Stromboli gibt, wusste ich. Aber von Lipari, Vulcano, Panarea, Salina, Filicudi und Alicudi hatte ich noch nie etwas gehört. Umso interessanter machte es das für mich. Blieb nur die Frage, ob das auch meine Obrigkeit interessant genug finden würde, um mich dafür aus meinen eigentlichen Pflichten zu entbinden. Immerhin war die Kampagne für einen Zeitraum von ca. 3 Wochen und das Mitte Mai geplant. Mit anderen Worten: Mitten im Semester.

Die „Obrigkeit" bestand dabei aus 2 Etagen – der unmittelbaren in Form des Präsidenten unserer Fachhochschule und der darüber angeordneten des „Staatsministeriums für Wissenschaft und Kunst". Die erste Etage war fast so begeistert wie ich, hätte aber lediglich für 14 Tage eigenständig eine Genehmigung erteilen können. Alles darüber hinausgehende erforderte das Placet des Ministeriums. Also galt es dort den bestmöglichen Eindruck zu schinden.

„Von mehreren deutschen Stellen verantwortlich betreut läuft in Zusammenarbeit mit den betroffenen Ländern eine Messkampagne an, die der Untersuchung tektonischer Deformationen im Mittelmeerraum dient. Sie umfasst 3 Schwerpunkte: den Zentralen Mittelmeerraum um den italienischen Stiefel, die Ägäis und Anatolien... Das Deutsche Geodätische Forschungsinstitut (DGFI) zeichnet für das erstgenannte Schwerpunktprojekt Zentraler Mittelmeerraum verantwortlich." Damit sollte durch Internationalität und Wissenschaftlichkeit schon einmal eine gute Basis geschaffen sein!

„Zum DGFI bestehen seit längerem gute Kontakte, die teils aus dem beruflichen Werdegang einiger Kollegen herrühren, teils bei Geräteaustausch und Exkursionen geknüpft wurden." Mit dem in München angesiedelten Institut hatte ich während meiner Münchner Zeit an der TU tatsächlich engen Kontakt. Der kam mir auch zugute als der „Geräteaustausch" praktiziert wurde: Wir waren auf dem Weg zu einer größeren studentischen Übungsmessung an der Kampenwand im Chiemgau, als irgendjemandem auf der Autobahn einfiel, dass wir die Hälfte der Stative vergessen hatten, einzuladen. Ein Anruf beim befreundeten Leiter des DGFI ersparte uns die Umkehr nach Würzburg. Aber es ist schon erstaunlich, wie man sich bedarfsorientiert ausdrücken kann!

„Hieraus resultiert auch die zunächst allgemein formulierte Anfrage des DGFI, inwieweit ... eine personelle Unterstützung bei der Durchführung der Messkampagne möglich sei". Das hätte zwar noch etwas mehr nach Hilfe-Ersuchen klingen dürfen, aber „Unterstützung" war schon nicht schlecht. Und dann kam das eigentlich schlagende Argument:

„Auf dem Programm stehen terrestrische Messungen (Winkel, Entfernungen, Zenitdistanzen). Die Besonderheit dieser Messungen liegt in ihrer Dimension (zwischen 15 und 75 km), den sowohl von der optischen wie von der elektronischen Seite her besonderen Bedingungen der Messung über Wasser und den aus den beiden Faktoren resultierenden Refraktions-, Sicht- und Signalisierungsproblemen, die weitestgehend Nachtbeobachtungen bedingen werden. Daneben stellen geforderte Präzision und Instrumentarium (Präzisionstheodolite, Laserentfernungsmesser und Mikrowellengeräte) gleichermaßen Herausforderung und Erfahrungszuwachs für die beteiligten Professoren dar." Das war schon so formuliert, dass das Ministerium sich unserem Ansinnen eigentlich kaum mehr verweigern konnte! Nachdem mein Antrag dann auch noch versichert hatte, dass durch Vorlesungsverlegungen bzw. –übernahmen durch Kollegen die studentische Ausbildung in keiner Weise leiden würde und der Fachhochschule außerdem keine Kosten entstehen würden, spielte ich meinen letzten Trumpf aus:

„In diesem Zusammenhang darf darauf hingewiesen werden, dass der Wissenschaftsminister bei der Einweihung des renovierten Fachhochschulgebäudes am Sanderring die Fachhochschulprofessoren ermuntert hat, z.B. durch Inanspruchnahme der Freisemester die Fortbildung zu pflegen."

Die Antwort ließ zwar gut 3 Wochen auf sich warten, war aber dann letztlich positiv und mindestens so schön formuliert wie mein Antrag:

„Da nach dem vorgelegten Antrag die Teilnahme an der Messkampagne des Deutschen Geodätischen Forschungsinstituts hervorragende Möglichkeiten zur praktischen Fortbildung bietet, wird ausnahmsweise und unter Zurückstellung von erheblichen Bedenken den Professoren Dr. Herbert Ludwig und Karl Kunz für die Teilnahme an einer Messkampagne des Deutschen Geodätischen Forschungsinstituts im Zentralen Mittelmeerraum in der Zeit vom 12.5. –2.6. Sonderurlaub gemäß §16 Abs. 1 Satz 1 UrlV gewährt."

In München übernahmen wir einen VW-Bus der Deutschen Forschungsgemeinschaft und in ihm verstaut allerhand an Instrumentarium. Damit machten wir uns auf die lange Reise nach Sizilien. Obwohl wir uns abwechselten und auch die erste Nacht durchfuhren, hatten wir irgendwann genug und gingen für die zweite Nacht in einem kalabrischen Räubernest vor Anker. Zunächst etwas skeptisch begutachtet – vermutlich hatte sich hierhin noch nie ein fremdländisches Auto verirrt – wurden wir später, als man uns als harmlos eingestuft hatte, hervorragend um- und versorgt.

In Millazzo trafen wir uns schließlich mit dem Projektleiter und Mitarbeitern des DGFI. Zielsetzung und geplanter Beobachtungsablauf wurden noch einmal durchgesprochen und auch schon erste Pannen offenbart. Beteiligt waren ja auch die Italiener und diese waren insofern zwischenzeitlich schon tätig gewesen, als sie Beobachtungspunkte vermarkt und auch schon erste Winkelmessungen durchgeführt hatten. Die Lage der Punkte war offenbar aufgrund von Kartenmaterial und nicht in der Örtlichkeit vereinbart worden – ein Fehler, der eigentlich dem DGFI mit seinen auslandserfahrenen Wissenschaftlern hätte nicht passieren dürfen. Jedenfalls war ein Teil der Punkte in völlig ungeeignetem Terrain etabliert worden. Wir wollten schließlich nicht lokale Instabilitäten ergründen, sondern eventuelle Bewegungen zwi-

schen den Inseln bzw. dem Festland und den Inseln feststellen. Außerdem erfüllten nach erstem Augenschein
auch die bereits erfolgten Messungen nicht den ange-
strebten Standard. Irgendwie sollte das auch gar nicht
verwundern, schließlich gibt es in Italien das eigenstän-
dige Studienfach „Vermessung" gar nicht. Geologen,
Bauingenieure und ähnliche Sparten mit einer gewissen
Affinität bieten offensichtlich lediglich Zusatzkurse dazu
an.

Am Morgen des nächsten Tages besichtigten wir ge-
meinsam den Referenzpunkt am Leuchtturm von Millazzo, absolvierten eine gravimetrische Messung und gegen
Nachmittag nahm der eine Trupp die Fähre nach Lipari,
während wir uns nach Vulcano verfrachten ließen. Die
erste Messung anderntags mit den ungewohnten, vom
Landesvermessungsamt zur Verfügung gestellten SIAL-
Entfernungsmessern über die 13 km zwischen Lipari und
Vulcano klappte zur vollen Zufriedenheit. Dagegen
brachte ich am darauffolgenden Tag über die 35 km nach
Panarea aus ungeklärter Ursache keinerlei Verbindung
zustande, konnte aber in der Abenddämmerung wenigs-
tens 10 Zenitdistanzsätze zum mit einer Leuchtmarke
signalisierten Gegenpunkt absolvieren. Der Einfluss der
Refraktion bzw. deren Änderung mit der Tageszeit über
diese gewaltige Entfernung und bei einer Visur über
Wasser wurde uns dabei in beeindruckender Weise vor
Augen geführt.
Die Distanzmessung zum wesentlich weiter entfernten
Stromboli ging dann seltsamerweise problemlos vonstat-
ten. Winkelmessungen tagsüber waren wegen des starken
Flimmerns schlichtweg nicht möglich. Aber optische

Beobachtungen scheiterten an dem ganz profanen Umstand, dass der Punkt abends bzw. nachts nicht besetzt war. Über Funk erfuhr ich, dass der Punkt so exponiert gelegen sei, dass man ihn auf dem Landweg nicht erreichen könne. Folglich ließen sich meine beiden „Stromboli-Besatzer" vom DGFI morgens von einem Fischerkahn zu ihrer Station schippern und am Spätnachmittag wieder abholen. Das war natürlich einerseits sinnlos, andererseits forderte das förmlich meine bergsteigerischen Qualitäten heraus. Ich ließ meinen Bus auf Vulcano und nahm die nächste Fähre nach Stromboli. Meine beiden Helden staunten nicht schlecht, als ich plötzlich gegen Mittag hinter einem Felsvorsprung auftauchte. Wir kamen überein, dass ich den Stromboli übernehmen würde und sie sich wieder zurück nach Panarea begeben würden. Nach Möglichkeit wollten wir noch in dieser Nacht eine Messung versuchen.

Zugegebenermaßen war der Zugang, den ich vom Ort Stromboli aus gefunden hatte, nicht unbedingt für jedermann geeignet und ich war auch nicht scharf darauf, da ggf. nachts entlang zu turnen, um in ein Hotelbett zu kommen. Aber ich hatte ohnehin für eine Nacht am Punkt vorgesorgt, hatte Schlaf- und Biwaksack im Rucksack, Brot, Käse und eine Flasche Roten, um den Sonnenuntergang gebührend zelebrieren zu können. Vorerst hatte ich jedoch noch den ganzen Spätnachmittag und Abend für mich. Nur mit der Turnhose und den Kletterschuhen und einer Wasserflasche im ansonsten entleerten Rucksack machte ich mich auf die Erkundung der näheren Umgebung. Mein Punkt – übrigens ein Metallpfeiler(!) der italienischen Landesvermessung – war auf einem Felsabsatz installiert, von dem aus man einen fantas-

tischen Blick auf das 100 m tiefer blaugrünlich, mit weißen Brandungswellen verziert, verführerisch glitzernde
Meer hatte. Nachdem sich der Absatz seinerseits auf einem wenn auch wenig ausgeprägten Gratrücken befand,
hatte man überdies einen guten Einblick in die rechts und
links davon gelegen Flanken.

Vielleicht sollte ich aber über der Euphorie der Land-
schaftsbeschreibung nicht vergessen, eine Erklärung für
das Ausrufezeichen nach dem „Metallpfeiler" zu liefern.
In der Hochzeit der Triangulation (als ein geodätisches
Netz aus einer Vielzahl von aneinandergereihten Drei-
ecken bestand, deren Winkel mit hochpräzisen Theodoli-
ten ausgemessen wurden) – also aus der Zeit, als die
elektronische Entfernungsmessung noch auf ihre Erfin-
dung wartete – hatten sich die Vermesser eine ganze Reihe von Beobachtungstricks einfallen lassen, um ihre
Messwerte von Instrumentalfehleren und äußeren Ein-
flüssen freizuhalten. Ein solcher äußerer Einfluss ist die
sogenannte „Pfeilerdrehung". Ein Fernsehturm beispiel-
weise „folgt" der Sonneneinstrahlung über den Tagesver-
lauf hinweg, indem er sich sowohl verbiegt als auch ver-
dreht – und dabei handelt es sich keineswegs nur um cm-
Beträge. Ganz ähnlich reagiert ein Beobachtungs-Pfeiler.
Was selbstverständlich die Beobachtung selbst ver-
fälscht. Als man mir das während meines Studiums ge-
predigt hat, habe ich das angesichts eines tief im Erdbo-
den verankerten Betonpfeilers einerseits und der in
Münchner Breiten eher bescheidenen Sonneneinstrahlung
andererseits immer als Geodäten-Garn belächelt. Sollte
aber das „Garn" gar kein Garn sein – um wie viel ausge-
prägter musste sich die brennende Sonne Italiens auf ei-

nen Pfeiler aus Metall auswirken! Nur aus Neugier und um der Frage Garn oder nicht Garn auf den Grund zu gehen, suchte ich mir ein paar markante natürliche Ziele und machte die Probe aufs Exempel. Der „Erfahrungszuwachs", den man am Ministerium wohlwollenderweise zu meinen Gunsten in der Teilnahme an diesem Projekt vermutet hatte, war enorm. Ich konnte förmlich sehen, wie mir die Messergebnisse davonliefen!

Zunächst querte ich auf meiner Erkundungstour die mit Blickrichtung zum Meer rechts von mir gelegene Flanke, weil dieses Terrain relativ leicht begehbar, irgendwie kultiviert wirkte. Und tatsächlich entdeckte ich verwilderte Weinstöcke und Olivenbäume und konnte eine offensichtliche Terrassierung des natürlichen Geländes ausmachen. Im Dorf erfuhr ich später, dass diese aus der Zeit vor dem großen Ausbruch 1930 stammen. Unvermittelt stolperte ich dann über eine teils überwucherte Zisterne. Und weil ich in manchen Dingen fast so neugierig bin wie meine Frau, schaute ich natürlich hinunter in das bauchige, jetzt ausgetrocknete Wasserreservoir. Als erstes erstaunte mich, dass das Gebilde weit weniger tief war, als ich vermutet hatte, schätzungsweise 1.5m. Und dann erschreckte und letztlich verblüffte mich, am Zisternengrund eine knapp 1m lange, kohlrabenschwarze Schlange zu sehen. Das Erschrecken war instinktiv, weil mir instinktiv vor Schlangen gruselt, aber auch kurz, weil mir schnell klar wurde, dass sie dort unten für mich keinerlei Gefahr darstellte. Das warf aber automatisch die Frage auf: Was tut das Vieh dort unten bzw. wie kommt die da jemals wieder heraus. Erst da entdeckte ich ein paar Mäusegerippe neben der Schlange. Mein Reim auf die Situation: Irgendwann war sie auf ihren nächtlichen Streifzügen an den Rand der Zisterne gelangt, hatte dort unten eine Maus geortet und war in ihrem Jagdfieber auf den Zisternengrund hinuntergestürzt und vermutlich würde man bis in ein paar Wochen neben den Mäusegerippen ein Schlangengerippe finden – falls sich noch einmal jemand in diese Gegend verirren sollte. Nachdem für mich der Tod durch Verhungern neben dem durch Verdursten mit zu den schrecklichst vorstellbaren gehört, hatte ich sogar mit einer so unheimlich schwarzen Schlange Mitleid. Ich stellte ihr also einen 2m langen Ast als möglichen Fluchtweg in die Zisterne. Dann setzte ich meine Erkundungstour fort.

Über die Terrassen ließ es sich am einfachsten Höhe gewinnen, ohne die nackten Beine und den Oberkörper über Gebühr am sonnengehärteten Gestrüpp zu lädieren. Als ich nach einiger Zeit und 2-300 Höhenmetern wieder zum Gratrücken meiner Beobachtungsstation zurückgedriftet war, stand ich plötzlich einem martialisch dreinblickenden Ziegenbock gegenüber, der daraufhin mit der Gewandtheit einer alpinen Gemse über steile Vulkanfelsen die Flucht ergriff, um sich aber dann wie ein echter Gamsbock noch einmal in imposante Positur zu werfen, ehe er hinter dem nächsten Rücken aus meinem Blickfeld verschwand. Auch die Entstehungsgeschichte dieser vereinzelten wilden Ziegen hat mit dem Ausbruch von 1930 zu tun.

Die Sonne stand nun schon recht tief und ließ die Vielfarbigkeit der rauen Vegetation in aller Deutlichkeit aufleuchten, das Licht über dem Meer musste einfach das Auge des Fotografen reizen. Ich suchte mir meinen Weg hinunter zu meinem Punkt und weil ich einigermaßen verschwitzt war, stieg ich gleich noch weiter hinab bis zum Wasser. Eine Stelle zu finden, wo ein einigermaßen gefahrloser Ein- und vor allem auch Ausstieg möglich schien, war gar nicht so einfach. Hätte ich nur meine Taucherbrille nicht im Bus zurückgelassen!

Auf meinem Rückweg hinauf zum Punkt kam ich noch einmal unbeabsichtigt an der Zisterne vorbei. Sie war leer.

Die Sonne machte sich gerade daran, ins Meer zu tauchen, als ich meine Brotzeitvorbereitungen wenige Meter unterhalb des Metallpfeilers traf, weil ich dort die Beine ins Freie baumeln lassen konnte. Flasche öffnen, fotografieren, Glas einschenken, fotografieren, einen ersten Schluck degustieren, fotografieren... aufspringen, Flasche und Glas auf dem Pfeiler postieren, fotografieren gegen die letzte aus dem Meer ragende Glut. In solchen Momenten möchte man, möchte man ... ja, was, ... sein geliebtes Mädchen bei sich haben, Trompete spielen können, das Violinkonzert von Beethoven hören? Oder soll man sich nicht einfach zu seiner Brotzeit hinsetzen und widerstandslos glücklich sein?

Ich kann sagen, dass ich in meinem Leben viele solcher Momente aus rasender Glückseligkeit gepaart mit einem Schuss unerklärlicher Wehmut und Unzufriedenheit erlebt habe, erleben durfte. Sie haben etwas von einem Sonnenuntergang, ähnlich schön und traurig, weil gleich alles vorbei sein wird und ähnlich kurz.

Auf der linken Seite meiner Felskanzel befand sich ein Überhang. Dort präparierte ich mein Schlafgemach. Dann begann ich allmählich Vorbereitungen für unsere geplante Nachtbeobachtung zu treffen. Ich horizontierte den Theodolit auf dem Pfeiler, prüfte noch einmal die Batterie für den Zielscheinwerfer, wenn der Gegenpunkt seine Messungen durchführen würde, holte Barometer und Thermometer aus den Futteralen. Und registrierte nebenbei, dass vermutlich alles Vorbereiten vergebens sein würde, weil der Nebel, der sich zunächst nur in vereinzelten Schlieren über dem schwarzen Wasser bemerkbar gemacht hatte, in unmerklich trügerischer und gleichwohl rasender Geschwindigkeit aufkochte und eine Messung wahrscheinlich unmöglich machen würde. Schließlich wurde die Wahrscheinlichkeit zur Gewissheit und ich gab meine relative Enthaltsamkeit zugunsten einer optimalen Beobachtungskonzentration auf und leerte den Rest der Weinflasche, während ich das Instrumentarium wieder in den entsprechenden Behältnissen verstaute. Lange gab ich mich noch dem fantastischen Schauspiel hin, das mir der Mond vom absolut wolkenfreien Himmel mit seinem Silberlicht auf dem Nebelmeer unter mir bescherte. Aber schließlich gewann die Müdigkeit doch die Oberhand. Ich kroch in meinen Schlafsack und breitete den Biwaksack nur darüber, wenn es mir zu kalt würde, könnte ich immer noch hinein schlupfen. Meine Kleidungsstücke hatte ich im Plastikbeutel des Schlafsacks eingelagert, die Stirnlampe am Kopfende abgelegt.

Man braucht in solchen Situationen eine Weile, bis man dann letztlich hinüberdriftet in einen verdienten Schlaf. Der Tag fließt noch einmal träge bis sprunghaft vorbei, der gerade noch durchlebte Gefühlsmix aus Glück und Wehmut schleicht noch ein wenig durch den schwerer werdenden Kopf, die Einsamkeit, die Stille, die Klarheit ungewohnter Geräusche in dieser Stille vermitteln ein

Empfinden zwischen Wohligkeit und ängstlicher Hellhörigkeit. Und dann schwimmt man plötzlich in seinen Träumen und ist eins mit dem fernen Rauschen der Wellen, dem Duft der Macchia und des Meeres und dem leichten Luftzug auf dem Gesicht.

Ich glaube, dass ich innerhalb einer Sekunde hellwach war. Unzweifelhaft hatte sich etwas bei – nein auf – meinen Füßen bewegt. Die Schlange! Das hat man von seiner Gutmütigkeit. Man hat ja oft genug gehört, dass diese Viecher nächtens nur zu gern die Wärme eines Schlafsacks suchen. Da war es wieder deutlich zu spüren! Vorsichtig tastete ich nach meiner Stirnlampe. Der Strahl traf – nein, keine Schlange – sondern zwei Ratten, die gerade auf meinen Füssen Posten bezogen hatten und, wenn meine aufgeheizte Wahrnehmung mich nicht täuschte, schien sich da noch ein ganzes Bataillon herumzutreiben. Zwar bin ich auch kein uneingeschränkter Ratten-Liebhaber – aber sie waren mir allemal lieber als so etwas schlängelndes Schwarzes. Nachdem ich mit einer Steinsalve wenigstens vorübergehend für Ruhe gesorgt hatte, schlief ich schließlich doch noch einmal ein.

Anderntags machte ich mich aber früh über meinen Klettersteig auf zum Ort Stromboli und verlangte in der Apotheke nach Rattengift. Die Verdeutlichung meines Begehrens nahm einige Zeit in Anspruch, aber schließlich händigte man mir ein Paket aus, das meinem Empfinden nach hätte für die ganze Insel reichen müssen. Im Alimentari versorgte ich mich noch mit allerhand Überlebensnotwendigem, dann kehrte ich zur Beobachtungsstation zurück. Für meine nächtlichen Ruhestörer streute ich unter dem Überhang eine Prise Feindbekämpfung aus, den Rest der Großkunden-Familienpackung verstaute ich hoch in einer für meine Begriffe für Kleintiere unzugänglichen Felsspalte. Dann packte ich meinen Rucksack und machte mich der Küste entlang auf den Weg nach Ginostra, dem zweiten, wesentlich kleineren Ort auf Stromboli an der SW Ecke, das normalerweise nur mit dem Schiff erreicht wird. Bis abends war ich schließlich durch nichts eingeschränkt, was mit meiner eigentlichen Aufgabe hier zu tun hatte. Einen hervorragenden prosciutto und einen herrlich kühlen vino bianco genehmigte ich mir auf einer kleinen überdachten Terrasse aus schwarzem Vulkangestein. Das erinnerte mich wieder an meine schwarze Schlange – auf dem Weg hierher war ich übrigens noch zwei Exemplaren begegnet – und ich versuchte zu ergründen, ob die auch so giftig wären, wie sie ausschauten. Nein, nein, die seien ganz harmlos, wurde mir versichert.

Frisch gestärkt machte ich mich an den Aufstieg zum Kratergipfel. Vor dem Ausbruch muss es hier tatsächlich einen Pfad gegeben haben, das ließ sich gelegentlich erahnen. Jetzt aber war es ohne Machete ein ausgesprochen haut-unfreundliches Unterfangen und als ich endlich den Kraterrand erreicht hatte, hätte man in mir durchaus ein selbstgeißelndes Mönchsrelikt aus dem Mittelalter vermuten können. Die vulkanische Tätigkeit hielt sich in Grenzen, wahrscheinlich wollte der Stromboli seine Kräfte für die Dunkelheit und die Touristen schonen. Vom Gipfel aus suchte ich auf gut Glück den Abstieg über meinen Gratrücken und lag mit meiner gewählten Route gar nicht so verkehrt. Am Spätnachmittag stand ich wieder bei meinem Punkt.

Noch mit dem Rucksack auf dem Buckel inspizierte ich meine Schlafstätte. Aber wo ich ein Schlachtfeld von übereinander hingestreckten Rattenleichen zu erblicken geglaubt hatte, streckte sich überhaupt nichts: Die ausgestreuten Körner waren samt und sonders verschwunden, wahre Trampelpfade zeugten von einem fröhlichen Rattenpicknick. Und von der Überdosis in der Felsspalte war nicht einmal mehr die Kartonage übrig geblieben. Irgendwie konnte ich mich des Gefühls nicht erwehren, dass man mir in der Stromboli-Apotheke nicht Rattengift sondern Rattenfutter verkauft hatte.

Das Geräusch

Es war geschafft. In dem Aktenordner „Persönliches" war ein Dokument der Technischen Universität München abgeheftet, das bestätigte, dass ich „Den akademischen Grad eines Diplom-Ingenieurs" im achtsemestrigen Schweiße meines Studentengesichtes erworben hatte. Das mit dem Schweiß stand natürlich nicht in dem Dokument. Aber ich finde, man hätte es ruhig hineinschreiben können.

Ich muss zugeben, es war schon ein ganz schönes Gefühl: Für absehbare Zeit keine Prüfungen mehr, das Vorstellungsgespräch in einem kleinen Ingenieurbüro war zur beiderseitigen Zufriedenheit abgelaufen – Einstellungstermin 1. Januar 1965 – und meine Freundin hatte eingewilligt, mit mir nach Griechenland zu fahren. Das war aus mehrerlei Gründen nicht so selbstverständlich. Erstens fanden zu dieser Zeit voreheliche Gemeinsamkeiten noch keineswegs allgemeine Zustimmung. Zweitens war es Mitte November und damals war Griechenland noch keine Region, wohin Busse, Flugzeuge und Fähren tagtäglich Legionen von Pauschaltouristen expedierten. Und drittens war mein Fortbewegungsmittel ein uralt VW Käfer, dessen Kraftfahrzeugschein eine Motorleistung von 24 PS versprach und man versprach mir allgemein, dass ich damit mit einiger Wahrscheinlichkeit die Stadtgrenze nicht würde überschreiten – respektive überfahren – können.

Es zeugt von meinem unwiderstehlichen Charme, dass sich meine Freundin von dieser unfreundlichen Prognose nicht beeindrucken ließ. (Um der Ehrlichkeit genüge zu tun – vermutlich spielte dabei mehr ihre damalige Arbeitsstelle eine Rolle: Sie saß nämlich in einem der Lotsendiensthäuschen an den Autobahneinfahrten und hatte dadurch naturgemäß häufigeren Kontakt zu den „Gelben Engeln" des ADAC. Von einem solchen erhielt sie die Gegenexpertise, dass uns mein VW ohne Probleme dreimal hin und zurück transportieren würde – falls das notwendig sei).

Wie arm ist doch unsere Jugend dran, die schon im Kindesalter von Teneriffa über die Dominikanische Republik bis Thailand gechartert worden ist! Als ich unserer „Musch", wie wir den VW-Veteran liebevoll getauft hatten, die Richtung Süd-Ost vorgab, fühlte ich mich in einer Kategorie mit Amundsen, Kolumbus oder Sven Hedin. 4 Wochen Freiheit und Abenteuer lagen vor uns und ich war überglücklich. Über den Loibl-Pass verließen wir Österreich. Ljubljana, Zagreb, Belgrad, Skopje, Saloniki, Namen, die man zwar einmal gehört hatte, im Geografie-Unterricht oder aus der Zeitung, aber ich hatte doch niemals ernsthaft geglaubt, diese Ortsschilder irgendwann einmal mit eigenen Augen zu sehen.

Unser rollender Untersatz rollte ohne Mucken, gelegentlich hatte sich die Tachonadel, wenn es bergab ging, bei 120 eingezittert – was wollte ich mehr! An der griechischen Grenze hieß uns ein freundliches deutsches Ehepaar, das auf dem Heimweg war, mit einem ersten Schluck Retsina willkommen. Dem Olymp stiegen wir trotz schlechten Wetters aufs Haupt, wir begeisterten uns an den Meteora-Klöstern und folgten ansonsten einfach immer den Schildern Richtung Athen.

Ab Larissa vermeinte ich dann doch erste asthmatische Anzeichen bei unserer Musch zu bemerken. Da war irgendein ungesundes Pfeifen, das mir bislang nicht aufgefallen war. Wenn wir mit offenem Fenster fuhren, überwog der Fahrtwind, aber früh morgens oder gegen Abend, wenn es für offene Fenster zu kühl wurde, ließ es sich kaum verleugnen, obwohl ich mich nach Kräften bemühte, dasselbe geflissentlich zu ignorieren.

Delphi, Athen, Korinth lagen hinter uns. Delphi hatte uns eine aufregende Nacht beschert: Wir hatten an der Bucht von Itea unser kleines Zelt aufgeschlagen und damit unbewusst der Bevölkerung des nahegelegenen Fischerdörfchens eine Sensation und willkommene Abwechslung geliefert. Gerade hatten wir uns in unsere Schlafsäcke verkrochen, da hörten wir eine Moped-Kavalkade nahen. Ungeniert wurden die Scheinwerfer auf unser Domizil ausgerichtet. Das Taschenmesser in der Hand wartete ich auf einen räuberischen Überfall, der aber erfreulicherweise ausblieb. Nach eingehendem Palaver wurden die Motoren der vor sich hinknatternden Mopeds auf Touren gebracht und der Spuk verschwand wieder Richtung Dorf. Wir hatten kaum Zeit aufzuatmen, da hörten wir echte Motorräder nahen. Den Motorrädern folgten die Autos und schließlich tuckerten noch Fischerkähne heran, die uns von See aus mit ihren starken Scheinwerfern beschossen. Irgendwann wurden endlich auch unsere griechischen Belagerer müde. Ich könnte mir aber schon vorstellen, dass in dieser Nacht in der dörflichen Spelunke noch so mancher Liter Retsina in aufgeregt schnatternde Mäuler geschüttet worden ist.

In Athen hatten wir beide unsere Finger mit Ballast bestückt: In Griechenland waren damals die Goldpreise um einiges niedriger als in Deutschland – da konnte man sich doch etwas unbeschwerter verloben. Als Verlobungsessen gab es am Hafen frisch erworbene rote Fische mit

Reis aus dem verbeulten Aluminiumtopf am Athener Campingplatz. Und Retsina, an den ich mich nach anfänglichen Geschmacksirritationen immer mehr gewöhnte.

Korinth brachte uns die unvergessliche Erfahrung einer Nacht im Puff. Wir hatten uns beim Einchecken in das ziemlich günstige „Hotel" bereits gefragt, ob wir nicht versehentlich in einer Kaserne gelandet seien, da die übrigen „Hotelgäste" offensichtlich alle dem Militär angehörten. Das ständige Kommen und Gehen während der Nacht klärte uns dann allmählich auf – und danach versuchte ich nach Kräften auch so zu tun, wie sich das für einen Puff gehört. Dafür wurden wir mit einer herrlichen, einsamen Sternennacht direkt am Meeresstrand beim Lake Loutraki entschädigt. Eine Sandstraße führte dort hinter in eine völlig verlassene Gegend, wo heute Villen stehen, und endet auch da. Wir bauten das Zelt gar nicht auf, legten nur die Luftmatratzen und Schlafsäcke am Strand aus, schwammen noch beim letzten Licht im Meer, wärmten uns dann an einem Feuer und ließen uns schließlich vom Rauschen der leichten Brandung in den Schlaf wiegen.

Über all dem hatte ich aber das immer unangenehmer werdende Geräusch aus dem Heckmotor unseres VW nicht vergessen. Das heißt, vergessen hätte ich es schon gerne, aber es ließ sich beim besten Willen nicht mehr überhören. In Nauplia verließen mich endgültig die Nerven. Beim Anblick einer Autoreparaturwerkstätte setzte ich den Blinker. Der Autoreparateur verstand weder Deutsch noch Englisch oder Französisch. Er verstand nicht einmal meine Zeichensprache. Daher platzierte ich ihn auf dem Beifahrersitz und fuhr mit ihm eine Runde.

Jetzt verstand er meine Geste zum Ohr sofort. Sein Gesichtsausdruck verriet aber nicht, ob er hier gerade Todesröcheln vernommen hatte oder ob er das Pfeifen als unbedeutende Bagatelle einschätzte. Sein Gesichtsausdruck verriet nicht einmal, ob er überhaupt zu einer Diagnose gekommen war. Zurück an seiner Werkstätte suchte er sich vielmehr das nötige Werkzeug zusammen und machte sich wortlos daran, meinen Motor auseinander zu nehmen. Er arbeitete konzentriert eine geschlagene Stunde und war zwischenzeitlich von einem ganzen Arsenal an Schrauben, Klammern, Beilagscheiben und Einzelmotorteilen umgeben. Meine frisch Anverlobte hielt diesem Anblick nicht mehr stand und hatte sich in Luft aufgelöst. Ob sie mich bereits wieder verlassen hatte? Ich hätte es ihr nicht einmal übel nehmen können. Übel war mir aber schon seit geraumer Zeit. Ich konnte mir einfach nicht vorstellen, dass dieser Mensch alle diese Teile wieder in der vorgesehenen Reihenfolge aneinander würde fügen können. Mit an Bestimmtheit grenzender Wahrscheinlichkeit würden zum Schluss ein paar Federn oder Schrauben übrig geblieben sein und man würde mir mit einem bedauernden Achselzucken bedeuten, dass man nun doch einen neuen Motor bestellen müsse.

Der unverzagte Zerleger meiner Antriebsmaschine riss mich aus meinen schwarzen Fantasien, indem er mir plötzlich die offensichtlichen Fetzen einer Plastiktüte vor die Füße warf. Ich muss ziemlich blöde dreingeschaut haben, denn zunächst konnte ich damit gar nichts anfangen. Was tat eine Plastiktüte mitten in meinem VW-Motor?

Dann dämmerte es aber umso schneller: Für meine Fahrt in unerforschte Regionen hatte ich mich mit einem Reservekanister ausgerüstet. Der, so stellte sich relativ bald heraus, war aber am Verschlussdeckel nicht ganz dicht. Legen war also ausgeschlossen. Wo aber sollte ich ihn **hinstellen?** So manchem Leser wird wohl die Beschaffenheit des „Kofferraums" eines VW Käfer gar nicht mehr geläufig sein. Der befand sich nämlich unter der Fronthaube und gab für allerhand Raum, das sich liegend verstauen ließ. Aber die Höhe war begrenzt. Im rückwärtigen Motorraum jedoch fand sich Platz, der so genau passte, als sei er extra für meinen Kanister am Reißbrett entworfen worden. Vorsichtshalber hatte ich allerdings die Verschlusskappe mit einer Plastik-Tüte ...

Nach einer weiteren halben Stunde bestand der Motor wieder aus **einem** Teil – ohne dass eine Schraube übrig geblieben wäre. Umgerechnet gab sich der inzwischen auch wieder lächelnde Zerlegungskünstler mit 8 DM oder 4 EUR zufrieden.

Als ich mich wieder Deutsch verständigen konnte, erklärte man mir, dass der Plastikbeutel über die Ansaugluft im Vergaser gelandet sein musste.

Unsere Musch brachte uns übrigens ohne weitere gravierende Probleme wieder nach Hause und diente uns treu so lange, bis wir uns über den großen Teich nach Kanada verabschiedeten.

Beckenbauer ... Hitler

Als ich nach einer kurz geratenen, zweijährigen Aus-
wanderung nach Kanada wieder zurückkehrte zu den
Wurzeln meiner Ausbildung, an die TU München, da
wurde ich vom Sog der damals gerade aufkeimenden
geodätischen Nutzung künstlicher Erdsatelliten erfasst.
Unser Institut beantragte einen Sonderforschungsbereich
(SFB) Satellitengeodäsie – und bekam ihn. Somit stand
fest, in welche Richtung mein Dissertationsthema formuliert sein würde und es war auch nur eine Formalie, dass
ich als Mitglied in diesen SFB gewählt wurde. Damit war
einerseits die Beschäftigung mit einer spannenden, hoch-
interessanten Materie verbunden. Gleichzeitig aber hatten
wir einen großzügig bemessenen Topf für Reisen in alle
Welt zur Verfügung.

In Athen war zu dieser Zeit das erste Lasergerät in Eu-
ropa für die Entfernungsmessung zu Satelliten installiert
worden – natürlich mit amerikanischer Unterstützung.
Und es war klar, dass unser SFB dasselbe in Augenschein nehmen musste.

Es ist erstaunlich, was sich da in Wissenschaftler-
Kreisen für Charaktere tummeln. Man kann eigentlich
das einfache Fazit ziehen, dass das gewiss Außergewöhn-
liche an solchen Menschen, was Intelligenz und Aus-
schließlichkeit ihres Strebens betrifft, sich auch auf alltägliches Verhalten übertragen lässt. So habe ich Kollegen erlebt, die eine Woche zu einem Kongress nach Seat-
tle geflogen sind, vom Flughafen mit dem Taxi zum Hotel und sechsmal mit dem Taxi vom Hotel zu den Kon-
gress-Lokalitäten gefahren sind, um sich schließlich auf

gleiche Art wieder zum Flugzeug bringen zu lassen, das sie zurück in ihre Heimat brachte. Der Kongress hätte genauso gut am Nordpol oder in der Nachbargemeinde stattfinden können – es wäre alles auf das gleiche hinaus gekommen.

Das war nun bei mir ganz anders. (Weswegen ich vermutlich auch kein herausragender Wissenschaftler geworden bin). Ich habe meinem Institutsdirektor von Anfang an klar gemacht, dass, wenn man mich auf Staatskosten ins Ausland schicken würde, ich es als meine staatsbürgerliche Pflicht ansähe, auch etwas von Land und Leuten kennenzulernen und ich infolgedessen die eigentliche Kongresszeit mindestens um ein paar Tage bis zu einer Woche verlängern müsse. Ich rechne das meinem längst verstorbenen Chef hoch an, dass er das grundsätzlich akzeptiert hat. Vermutlich fiel das in seinen Augen mit entgegengesetztem Vorzeichen unter die außergewöhnlichen Merkmale eines Wissenschaftlers. Hinzu kam natürlich, dass ich auf diese Weise bald den Nimbus des Abenteurers innehatte, der bereitwillig überall hingefahren wäre, wo Kollegen sich in ihrem Alltagstrott gestört und auf der Reise von vielfältigen Gefahren umlauert gefühlt hätten.

Zu zweit saßen wir im Flugzeug nach Athen. Mein Begleiter war ein Kollege aus unserem Institut, ein ehemaliger Semesterkollege und Freund. Er war es schließlich gewesen, der mich aus den verdreckten Gummistiefeln der praktischen Vermessung zurück an den Schreibtisch der wissenschaftlichen Betätigung, an die Großrechenanlage und an die Frontseite von Hörsälen gelotst hatte.

Der Erfolg der eigentlichen Zielsetzung war äußerst dürftig, um nicht zu sagen, überhaupt nicht auszumachen: Wo heute längst eine automatische Nachführung gegeben ist, welche die Lasermessung zu Satelliten auch bei Tageslicht gewährleistet, musste damals so ein künstlicher Himmelskörper noch visuell ins Visier genommen und „angeschossen" werden, was durchaus jägerische Qualitäten erforderte. Wenn ich mich recht erinnere, so war uns in dieser Nacht in dieser Hinsicht kein Erfolg beschieden. Es mag aber auch sein, dass ich – falls ein solcher stattgefunden haben sollte – ihn einfach nicht zur Kenntnis genommen habe. Zu unseren Ehren waren nämlich außer den eigentlichen Beobachtern auch noch die Vermessungsstudenten des oberen Semesters auf die Beobachtungsstation beordert worden. Und -innen!

Bis dahin hatte es an unserer Universität in der Zeit, die ich dort verbracht hatte, eine einzige Vermessungsstudentin gegeben. Hier war das Verhältnis ziemlich genau 50:50! Wobei das ja nun nicht einfach 50% Studentinnen waren, sondern griechische, schwarzhaarige, schwarzäugige, braungebrannte, rassige ... Ich weiß nur noch, dass wir nach der eher unerfolgreichen Beobachtungskampagne zum hervorragenden Oktopussalat eine Unmenge Retsina in uns haben hineinlaufen lassen.

Mein Freund (der dann ein echter Wissenschaftler geworden ist) setzte sich anderntags in ein Flugzeug, das ihn wieder zurück an seinen Schreibtisch brachte.

Ich (der ich kein echter Wissenschaftler geworden bin) setze mich hingegen in einen Bus nach Náfplion und Astros und beginne von dort eine Wanderung entlang der Ostküste des Peloponnes. In meinem Rucksack befinden sich ein Biwaksack, 1 Flasche Retsina, Brot, Wurst und Käse. Und ein Überlebensquantum an Wasser.

Ostern steht gerade vor der Tür, es sind also noch erträgliche Temperaturen. Ja, ich erinnere mich, dass ich beim Hinflug ganz hin und weg war von den schneebedeckten Bergketten Makedoniens und des nördlichen Griechenland. Trotzdem ist es für diese Jahreszeit für unsere Verhältnisse natürlich ausgesprochen warm. Mein einziges Bekleidungsstück ist daher die Turnhose. Ich bin vollkommen allein auf meinem Weg hoch über der Küste, der Blick auf das gleißende Meer, die Kargheit der Landschaft und eben die Einsamkeit sind Elixiere, die mir beinahe die Brust sprengen. Ich fühle mich gleichzeitig klein und kühn, frei und forscherisch, voll von Gefühlen und körperlicher Stärke. Das bewusste Miterleben des Ausklingens eines Tages in einer solch ungewohnten Gegend, das Beobachten der Farbwechsel über dem Wasser – ich muss einfach singen, um meiner Freude Ausdruck zu verleihen!

Als die Sonne schon ihre letzten Strahlen verschossen hat, suche ich mir bei einem Busch einen geeigneten Platz, befreie ihn von Steinen, die meinem Schlaf hinderlich sein könnten, dann schlüpfe ich in die lange Hose, Hemd und Pullover und entkorkte den Retsina. Ah, wie schmeckt das Brot, der Käse, die grobe Wurst und der Wein! Schnell wird es kühler und ich krieche in meinen Biwaksack. Aber lange kann ich nicht einschlafen, immer wieder öffne ich die Augen und schaue hinauf in die Miriaden von Sternen, lausche dem leichten Wind, der fernen Brandung und den unermüdlichen Zikaden.

Mit dem ersten Licht bin ich auf den Beinen. Einen Kocher habe ich nicht dabei, insofern fällt das Frühstück ohne Kaffee auch entsprechend bescheiden aus. Ich bin ungefähr eine gute Stunde unterwegs, als zwei Gestalten hinter mir auftauchen. Was ich so erkennen kann, haben sie ein ziemlich wegelagerisches Aussehen, weswegen ich mein Schritttempo etwas steigere. Das tun die beiden indes mühelos auch. Als sie noch etwas näher aufgerückt sind, kann ich bei einem möglichst unbeteiligten Blick nach hinten erkennen, dass einer von ihnen ein Bajonett ähnliches Messer an der Seite trägt. Nein, wohl ist mir in diesem Moment nicht mehr!

Fatalistisch würde ich das Gefühl bezeichnen, das ich in dem Moment empfinde, als ich die Schritte hinter mir so nah höre, dass nur noch wenige Meter zwischen uns liegen können. Denn umdrehen will ich mich nicht mehr. Wenn sie mir das Messer hineinrammen wollen, dann werden sie das von vorne oder von hinten tun, ich kann sie weder an dem einen noch an dem anderen ernsthaft hindern.

Es sind wirklich wilde Gestalten, die mich da mit einem freundlichen Gruß überholen. Und schnell sind sie! Dabei glaube ich, auch nicht gerade von der langsamen Sorte zu sein!

Die Mittagszeit ist schon vorüber, als mein Pfad auf eine Schotterstraße stößt. Kurz darauf kommt mir ein Lastwagen entgegen und verschwindet hinter einer Kurve. Wenig später taucht er aber wieder auf, ein prachtvoller Schädel, der beinahe halslos auf einem muskulösen Körper sitzt, schiebt sich aus dem Fenster und redet mich erkennbar, wenn auch nicht gleich verständlich auf Englisch an. Wo ich denn hin wolle? „Leonidion." „Get in, my friend!" Wie sich herausstellt, hat mein Wohltäter einige Jahre in Australien verbracht und er ist ebenso glücklich, dass er wieder einmal seine Sprachkenntnisse an den Mann bringen kann, wie ich es bin, dass ich hoffen kann, bald vor einer kräftigen Mahlzeit zu sitzen.

In Leonidion, einem kleinen Kaff nahe am Meer, von dem aus laut Karte eine Straße über das Gebirge hinweg nach Sparta führen soll, parkt mein Australier seinen Laster direkt vor der vermutlich einzigen Taverna, stellt mich dem Gastwirt lautstark und gestenreich als seinen persönlichen Schutzbefohlenen vor, erklärt mir dann, dass er zu seinem großen Bedauern weiter seiner Arbeit nachgehen müsse – und fährt wieder in die Richtung zurück, in die er auch ursprünglich unterwegs war.

Der Taverna-Betreiber, der die Anweisungen des Stiernackigen offensichtlich sehr ernst nimmt, schleppt mich nun in die Küche, öffnet einen Deckel nach dem anderen, atmet beim Anblick der für mich immer gleich erscheinenden Ölschicht jedes mal genussvoll ein und gibt genüssliche Wohllaute von sich. Ich entscheide mich ohne eigentliches Kriterium für eine der Ölschichten und nachdem man mich an einen der Tische eingewiesen hat, wird mir ein kräftig gewürzter und kräftigender Bohneneintopf serviert, der sich offenbar unter der Ölschicht verborgen gehalten hatte. Wenig später gesellt sich ein junger Bursche zu mir und stellt sich als Taxifahrer vor. Er würde mich gerne auf den Pass hinauf kutschieren – so verstehe ich ihn, nein, interpretiere ich ihn. Aber da verkehre doch ein Bus, soweit ich informiert bin? Oh, ah, das könne man nie wissen, wird mir mit kummervoll gerunzelter Stirn bedeutet. Nun ja, man werde ja sehen, entgegne ich, ansonsten würde ich eben laufen. Die gerunzelte Stirn wird nun unterstützt von in blankem Entsetzen bedenklich rollenden Augen. Die Augen des Wirts und aller übrigen Anwesenden rollen ebenfalls. Als ich mich dennoch nicht davon abhalten lasse, meine Wanderung fortzusetzen, begleitet mich eine offensichtliche Welle von guten Wünschen für meine gefährliche Reise.

Dass Busfahrpläne in dieser Region nur zur Erheiterung der Einheimischen entworfen werden, scheint zutreffend. Denn wenn es nach einem solchen ginge, müsste an und für sich um diese Zeit ein abfahrbereiter Bus irgendwo in Leonidion zu entdecken sein. Nachdem ich nichts dergleichen entdecke, eruiere ich den richtigen Ausgang aus der Ortschaft – was nicht schwierig ist, da es deren nur zwei gibt – und mache mich auf in Richtung Westen, in Richtung Gebirge, Pass, Sparta! Eine gewisse Eingehzeit brauche ich schon, ehe ich wieder richtig in die Gänge komme. Immerhin habe ich schon gut 6 Stunden in den Beinen und ein gehöriges Quantum ölgetränkten Bohneneintopf sowie ein nicht mehr näher einzuschätzendes Quantum an Retsina im Bauch. Doch allmählich fasse ich wieder Tritt. Aber gerade da höre ich hinter mir Motorengeräusch. Sozusagen als Raketenkopf vor einer gewaltigen Staubwolke schießt ein Mercedes undefinierbaren Baujahres hinter der letzten Wegbiegung hervor. Es ist der Taxifahrer!

All meine Beteuerungen, dass ich den Spruch „Wanderer, kommst du nach Sparta" ernst nähme und nicht durch eine Taxifahrt entweihen wolle, ignoriert er mit freundlichem aber bestimmtem Lächeln und lässt mich nicht an der Beifahrertür vorbei. Er werde mich auch nur ein Stückchen weit transportieren und Geld wolle er auch keines, so glaube ich ihn zu verstehen. „ Nein und noch mal nein, ich will nicht mitfahren!" Wäre er wenigstens ein bisschen aggressiv gewesen, aber gegen die Hartnä-

ckigkeit freundlicher Menschen habe ich noch nie be-
standen. Er kutschiert mich auch tatsächlich nur 10 Minuten und entlässt mich dann mit bedauernder und sor-
genvoller Miene in eine Umgebung, die für in Felsspalten
lauernde Drachen nur so geschaffen scheint. Aber noch
ein schier unglaubliches „Tatsächlich" folgt: Als ich ihm
doch einen kleinen Schein in die Hand drücken will,
lehnt er tatsächlich und kategorisch ab. Da bin ich nun
wirklich perplex! Das, so hatte ich gedacht, sei sein einziger Antrieb gewesen, mir zu folgen. Irgendwie meine
ich aber eine Erleichterung bei ihm zu spüren: Er hat
durch seine Fahrt sein Gewissen beruhigt, hat mir durch
seine Begleitung wenigstens eine gewisse Überlebens-
Chance ermöglicht. Wir verabschieden uns ausgiebig und
herzlich. Und ich muss zugeben, als die Staubwolke sich
gelegt und die leere Bergstraße hinter mir frei gegeben
hat, fühle ich mich wahrlich allein gelassen und sehr einsam.

Meinen Weg begleiten immer schroffer werdende Felsformationen, umwachsen von undurchdringlichem Gestrüpp. Und die Staubwolke wird schon bald ersetzt
durch ein waberndes Nebelgebräu, das die löcherigen
Felswände noch geisterburgenhafter erscheinen lässt, das
offensichtlich bemüht ist, dem einsamen Wanderer doch
ein wenig das Gruseln zu lehren.

Der Nebel wird so dicht, dass man lange vor der abendlichen Dunkelheit das Gefühl hat, der Tag neige sich dem
Ende zu. Völlig überraschend stehe ich am Pass vor einer
eher ungastlichen Baracke. Noch mehr aber überrascht
bin ich, dass vor derselben ein Landrover mit Hamburger
Kennzeichen geparkt ist! Nicht nur, weil ich die Landro-
ver-Besatzung kennen lernen möchte, sondern auch weil

ich eine kleine Brotzeit vertragen kann, öffne ich die Türe zur Baracke und trete ein. Praktisch in der Türe stehe ich den Hamburgern gegenüber, die sich gerade wieder auf den Weg machen wollen. Sie entpuppen sich als Geophysiker der Hamburger Universität, einer davon ist aber ein echter Grieche. In welche Richtung sie denn unterwegs seien, will ich wissen. Prinzipiell nach Sparta aber zunächst müssten sie noch einmal nach Leonidion hinunter – also in den Ort, von dem ich gerade herkomme – um dort noch eine Messung zu machen, aber dann könne ich gerne mit ihnen fahren. Ich solle halt inzwischen ein bisschen Brotzeit machen und einen Schluck Retsina trinken, empfehlen sie mir noch. Dann schließen sie die Türe und lassen mich als einzigen Gast in dem dunklen Raum zurück.

Ich mache dem Wirt klar, dass ich Brot und Käse selbst im Rucksack hätte und ich nur an einem Schoppen Retsina interessiert sei. Er hat mich anscheinend richtig verstanden, denn er kommt mit einem Glas und einem Kupferkännchen, das offensichtlich dem Quantum eines Viertelliters entspricht. Bis ich mein erstes Käsebrot vertilgt und dem Kupferkännchen auf den Grund gekommen bin, haben sich beinahe unbemerkt zwei weitere Tische bevölkert. Bis ich den Grund des zweiten Kännchens gefunden habe, ist der Raum gefüllt wie für eine Wahlveranstaltung mit Freibier! Wo diese Leute aus einer scheinbar menschenleeren Gegend plötzlich hergekommen sind, ist mir bis heute ebenso schleierhaft wie die Kommunikationstechnik, welche diese eigentlich gar nicht vorhandenen Menschen hier versammelt hat. Auf jeden Fall aber muss ich eine ungeheure Attraktion abgeben, denn das ist offensichtlich, all diese Leute haben sich nur wegen mir eingefunden.

Man ist aber nicht mit leeren Händen gekommen! Da präsentiert einer einen Topf mit Fleisch, andere steuern Schinken, Käse, Kuchen bei – schon bald türmt sich ein beachtliches kaltes und warmes Büfett. Man nötigt mich von allem nur kräftig zu konsumieren. Und der Retsina kommt schon längst nicht mehr in dem mickrigen Vierteliter-Kännchen, sondern nach einem kurzen Zwischenspiel mit einem Halblitergefäß steht jetzt eine veritable Literkanne vor mir. Man umsteht mich und ermuntert mich in meinem verzweifelten Bemühen, aus purer Gastfreundschaft noch etwas in mich hineinzubringen. Einziger Wermutstropfen dabei ist die mangelnde Verständigungsmöglichkeit. Ich habe es in allen mir auch nur rudimentär zur Verfügung stehenden Sprachen versucht – ohne jeglichen Erfolg. Ja, ich hätte sogar die Befürchtung, dass man hier ein Schulgriechisch egal ob alt oder neu – wenn ich es denn gelernt hätte – nicht verstehen würde. Schließlich zücke ich meine Leica ohne Blitz, öffne die Blende bis zum Anschlag und stelle die Belichtungszeit auf 1 Sekunde – wohlwissend, dass auch das in diesem finsteren Loch nicht annähernd ausreichen wird, ganz abgesehen davon, dass ich mir nicht sicher bin, in meinem Zustand noch die nötige Ruhe in der Hand zu haben. Aber der Effekt ist jedenfalls überwältigend. Alles steht stramm, die furchterregenden Schnurrbärte werden noch einmal mit den Fingern gebürstet und die Gesichtszüge sind so eingefroren, dass ich auch mit 10 Sekunden belichten könnte, ohne dass eine Unschärfe auf meine Objekte zurückzuführen wäre.

Nach diesem umwerfenden Erfolg versuche ich zunächst unter Anfeuerungsrufen den Grund der Literkanne zu ergründen. Dann aber steht wieder das Verständigungshindernis wie eine Wand zwischen uns. Bis plötzlich einer diese Wand mit einem Geniestreich durchbricht: „Beckenbauer" ruft er in die Runde und mein Erkennen dieses Namens führt zu euphorischen Ausrufen – und dem Forschen nach weiteren Verständigungsmöglichkeiten. „Müller" kommt es da aus einer anderen Ecke – wiederum von beifälligem Gebrüll begleitet. Verzweifelt versuche ich auch etwas beizusteuern, ernte aber mit meinem „Pythagoras" einen eher bescheidenen Erfolg. „Adenauer" fällt noch einem offenbar politisch Interessierten ein. Kurz nach „Hitler" öffnet sich glücklicherweise die Türe und meine Hamburger Geophysiker retten mich aus einer peinlichen Situation – und zweifellos auch vor dem Alkoholtod!

Samarkand

In Kitab hatten wir uns nach gut 3 Wochen wieder alle zusammengefunden, die 5 Messtrupps, die verteilt über ein Gebiet von 500x1000 km mit Hilfe von Satellitensignalen vorher vermarkte Punkte eingemessen hatten. Das Ziel dieser geodätischen Expedition war, Aufschluss über eventuelle tektonische Plattenbewegungen zu gewinnen. „Eventuell" steht hier eigentlich nur für den individuellen Punkt, dass die Auswertung von Nachmessungen solche Veränderungen insgesamt aufzeigen würden, darüber bestand kaum ein Zweifel. Tashkent, die Hauptstadt Usbekistans war schließlich vor einigen Jahrzehnten selbst Opfer eines verheerenden Erdbebens geworden und durch unser Messgebiet verliefen einige offensichtliche Verwerfungszonen.

Dass ich mich kurzfristig entschieden hatte, dem Ruf dieser Expedition zu folgen und damit unseren eigentlich geplanten Schottland-Urlaub sabotiert hatte, versuchte ich dadurch zu kompensieren, dass ich meiner Frau ersatzweise anbot, mich nach Beendigung unserer Kampagne in Tashkent zu treffen. Dann würde ich mit ihr noch die altehrwürdigen mittelasiatischen Stätten Samarkand, Buchara und Chiwa besuchen. Das zog und so konnte ich versöhnt in mein östliches Abenteuer ziehen.

Usbekistan war gerade erst aus der sowjetischen Vorherrschaft entlassen worden, ebenso wie Kasachstan, Kirgistan und Tadschikistan, auf welche sich unser Messgebiet gleichermaßen erstreckte. Der Aufbau internationaler Strukturen wie Botschaften und Konsulate geht natürlich nicht von heute auf morgen und so wurden unsere Pässe in die Obhut des russischen Konsulats in München gegeben, damit man sie dort mit den erforderlichen Visa ausstatten würde. Nun genügte es aber nicht, z.B. ein Visum für Usbekistan zu beantragen, sondern das musste dezidiert für die Städte ausgestellt werden, die man zu besuchen gedachte. Also lautete der Antrag für meine Frau auf Moskau, Tashkent, Samarkand, Buchara und Chiwa. Moskau deshalb, weil unser Expeditions-Chef über seine Beziehungen zur Akademie der Wissenschaften in Moskau arrangieren konnte, dass sie dort unter der Betreuung von Mitarbeitern eben dieser Akademie eine Woche lang Moskau erforschen konnte, ehe ich sie in Tashkent würde in die Arme schließen können.

Sie wurde mit großer Herzlichkeit in Moskau aufgenommen, geführt und letztlich in das richtige Flugzeug für den Weiterflug nach Usbekistan gesetzt, wo sie ebenso herzlich und fürsorglich von Mitarbeitern des astrophysikalischen Instituts in Empfang genommen wurde. Wir waren – wie schon eingangs gesagt – nach Beendigung unserer Messkampagne in Kitab zusammengekommen, um Instrumentarium und aufgezeichnete Daten zu sammeln – und den erfolgreichen Verlauf gebührend zu feiern. Leider wurde die Feierstimmung durch den Umstand getrübt, dass unser Expeditionsleiter schwer erkrankt mit einem Hubschrauber von seiner letzten Station ausgeflogen werden musste. Ein Telefonat mit dem deutschen Botschaftsprovisorium in Tashkent brachte mir den dringenden Rat ein, unseren Kranken so schnell wie möglich in eine Lufthansa-Maschine zu verfrachten und zurück nach Deutschland zu schaffen. Nun wurde fieberhaft versucht, diesen Rat in die Tat umzusetzen. Das bedeutete, über geschmierte Kanäle zunächst einmal zwei

Sitze – ich war auserkoren, ihn zu begleiten – in dem nächsten Flugzeug Richtung Tashkent zu arrangieren. Dann wurde das Institut in Tashkent gebeten, Reservierungen für einen Flug nach Berlin zu organisieren. Bei diesem Telefonat erfuhr ich dann, dass meine Frau bereits in Tashkent sei, es aber Probleme mit dem Visum gäbe. Als ich schließlich direkt mit ihr sprechen konnte, erläuterte sie mir, dass in ihrem Visum weder etwas von Samarkand noch von Buchara stehe, ja nicht einmal Tashkent sei aufgeführt. Theoretisch sei sie also illegal in Tashkent.

Mir wird bewusst, dass ich bewusst die **meinem** Pass einverleibten Vermerke auch noch nie studiert hatte. Als ich das nachhole, weiß ich nicht ob ich lachen oder entsetzt sein soll. Man hat mir in München ein Visum für **München** (das ist kein Witz), **Moskau**, **Tashkent** und **Frunse** (das war der damalige, sowjet-geprägte Name der Hauptstadt Kirgistans. Heute heißt sie wieder original kirgisisch Bischkek) ausgestellt. Da bin ich nun mehr als 3 Wochen kreuz und quer durch Usbekistan, Kasachstan und Kirgistan gekreuzt, wir sind ungezählte Male von Polizeikontrollen aufgehalten worden, aber nie hat sich jemand für mich oder gar meinen Pass interessiert – sonst säße ich möglicherweise längst in einem Straflager für illegal eingeschleuste Spione. Das hat mich in der Tat lange Zeit verblüfft, dass bei diesen mindestens alle 50 km stattfindenden Kontrollen nicht ein ganz spezielles Augenmerk auf mich, den Fremdländer, geworfen wurde. Bis mir schließlich klar geworden war, dass diese Kontrollen ja auch nicht dazu angelegt waren, z.B. die Verkehrstüchtigkeit unseres Vehikels – und da hätte es angefangen von den profillosen Reifen bis hin zur Lichtanlage eine ganze DIN A4-Seite zu bemängeln gegeben – die Versicherung oder den Führerschein zu kontrollieren, sondern die samt und sonders fett gefressenen Polizisten mit dem Nötigsten auszurüsten, damit sie nicht Hungers leiden mussten.

Unseren bedauernswerten Expeditionsleiter habe ich glücklich nach Tashkent gebracht, wo ich mehr oder weniger die Nacht bei ihm durchwache, ihm immer wieder Schleim und hervorgewürgte Magensäfte entferne und den kalten Schweiß von der Stirne wische. Inzwischen sind auch die übrigen Mannschaftskollegen mit dem Auto eingetroffen und ich bin erleichtert, als ich endlich alle hinter der Passkontrolle auf dem Weg zum Flugzeug weiß. Unser Patient ist übrigens 4 Wochen in Berlin im Krankenhaus gelegen, ohne dass die Ärzte eine Erklärung für seinen damaligen Zustand gefunden hätten!

Befreit von solchen Sorgen könnten wir beiden uns jetzt in das private usbekische Abenteuer stürzen – wenn da nicht die Sache mit dem Visum wäre. Man ist rührend um uns bemüht, ein Mitarbeiter des astrophysikalischen Instituts ist praktisch für uns abgestellt, die nötigen Stempel bei irgendeiner Behörde durchzusetzen und uns nebenbei den Zwangsaufenthalt in Tashkent so angenehm wie möglich zu gestalten. An der Außenpforte der diversen Behörden wird uns aber immer freundlich, doch bestimmt bedeutet, dass wir hier warten sollten. Es dauert manchmal eine Stunde bis unser Begleiter wieder erscheint, ein bedauerndes Lächeln auf den Lippen. Aus der ganzen friedvollen Art, wie diese Menschen sich im Allgemeinen und Obrigkeiten gegenüber im Besonderen verhalten, kann ich mir allerdings lebhaft vorstellen, wie sich diese Verhandlungen abspielen. Dass das Wörtchen „durchsetzen" zweifellos falsch gewählt ist. Und Katzbuckeln ist nun meine Art wahrlich nicht. Am dritten Tag reißt mir die Geduld. Ich verlange, dass man mich selbst im Außenministerium vorstellig werden lässt. Bei der deutschen Vertretung übrigens versuche ich es erst gar nicht. Das Telefonat anlässlich der Hilfesuche wegen unseres Kranken hat mir gereicht! Mit solchen schwammigen Diplomatie-Bürokraten möchte ich freiwillig lieber nichts mehr zu tun haben. Aber unsere Gastgeber fühlen sich ihrer Gastgeber-Rolle so verpflichtet, dass sie das Ansinnen, ich wolle mich selbst ins Behörden-Kampfgetümmel stürzen, förmlich bestürzt.

Da fällt dem Institutsdirektor plötzlich ein, dass er ja irgendjemanden am Außenministerium kennt. Innerhalb einer Stunde haben wir unsere Visa für Tashkent (endlich können wir uns jetzt legal in dieser Stadt bewegen), Samarkand und Buchara. Chiwa haben wir von unserer Liste gestrichen. Erstens haben wir hier zu viel Zeit verloren und zweitens liegt Chiwa nicht mehr in Usbekistan sondern bereits in Turkmenistan.

Über unserem Bangen und Bemühen, ob wir unsere Pläne überhaupt würden verwirklichen können, haben wir allerdings völlig verdrängt, dass – einem Gerücht zufolge – der Flughafen von Samarkand wegen Bauarbeiten geschlossen sei. Beinahe gleichzeitig mit dem Erhalt unserer um die wertvollen Eintragungen ergänzten Pässe flattert von irgendwo her das Gegengerücht ein, dass heute Nachmittag um 15 Uhr ein Flugzeug nach Samarkand bereit stehe. Jetzt heißt es schnell zu sein: Gepackt haben wir im Handumdrehen, auf der Straße bemüht sich das

ganze Institut einschließlich des Direktors einen willfäh-
rigen Automobilisten aus dem Verkehrsstrom heraus zu
winken – Taxis sind in diesen Tagen eine Rarität – was
auch erstaunlich bald von Erfolg gekrönt ist. Immer noch
um unsere Sicherheit und unser Wohlergehen besorgt –
man hat uns eingebleut, ja nicht in ein fremdes Auto zu
steigen oder uns ganz generell mit fremden Leuten einzu-
lassen – fährt selbstverständlich unser treuer Begleiter
mit uns und tatsächlich schaffen wir es, kurz nach 14 Uhr
das Flughafengebäude zu erreichen.

Elektronische Anzeigen fein säuberlich getrennt nach
„Arrivals" und „Departures", wie man das vom Frankfurter Flughafen her gewohnt ist, sucht man allerdings vergeblich. Da gibt es zwar einen vergitterten Schalter, hinter dem eine ihrer Wichtigkeit bewusste weibliche Gestalt gelangweilt ihre Blicke in die Decke bohrt. Unser
heimischer Begleiter ist aber geschult genug, zu erkennen, dass bei dieser Type eine brauchbare Auskunft nicht
einzuholen sein wird, daher versucht er sein Glück bei
den vielen ähnlich hilflos Herumstehenden. Nun – hier
kann mich niemand mehr hindern, mein Glück in die
eigenen Hände zu nehmen. Ich begebe mich an den
Schalter und ersuche die „Dame" höflich auf Englisch,
mir doch die Güte zu erweisen, mir zwei tickets für den
Flug nach Samarkand um 15 Uhr auszustellen.

Ich hätte es ja verstanden, wenn sie mir bedeutet hätte,
dass sie mich sprachlich nicht verstehe, aber dieser Drachen schaut nur gelangweilt über mich hinweg, so als ob
ich überhaupt nicht vorhanden wäre. Sie ist zu faul oder
überheblich oder beides, nur ihren Mund auf zu machen!

„Ja du Miststück, du schierliches, wenn ich jetzt nicht
gleich eine Antwort von dir krieg, dann zieh ich dich

durch deine Gitterstäbe durch, dass du nur noch in Scheiben weiter existierst." Das hat eine erstaunliche, doppelte Wirkung. Das „Miststück" schaut mich zwar unverhohlen ungläubig, aber doch auch ungewohnt unterwürfig an, der Rest der die Schalterhalle bevölkernden Menschen hat sich instinktiv verschreckt in die Ecken und an die Wände gedrückt, auch wenn sie den Inhalt meines Gebrülls wohl kaum verstanden haben werden. Des „Miststücks" Englisch ist zwar dürftig, aber immerhin dahingehend verständlich, dass der Flug nach Samarkand tatsächlich ein Gerücht sei, Flüge nach Samarkand würde es frühestens wieder in zwei Monaten geben.

Nachdem sich unser Begleiter aus der ob solchen obrigkeitsunbotmäßigen Verhaltens erstarrten Zahl der Hallen-Anwesenden gelöst hat, drängt er uns so schnell wie möglich zum Ausgang. Dann bleibe nur noch der Zug, meint er und ist schon wieder bemüht, einen willigen Autofahrer zu finden, der uns zum Bahnhof bringen soll. Dort herrscht ein unbeschreibliches Gedränge, so als ob seit Monaten kein Zug mehr gefahren wäre und sich nun eine einmalige Möglichkeit eröffnet hätte, von hier fort zu kommen. Die Auskunft am offiziellen Schalter, dass zwar ein Zug nach Samarkand in ca. einer Stunde abfahre, aber kein Platz mehr vorhanden sei, erschüttert unseren Betreuer in keiner Weise. Er verpflichtet uns eindringlich, genau hier an dieser Stelle auf ihn zu warten und stürzt sich dann in die Menge. Nach wenigen Minuten taucht er wieder aus der Menschenmasse hervor und sagt, er könne zwei Karten besorgen, aber sie würden je 5 Dollar kosten. Das ist natürlich für eine Strecke von ungefähr 400 km und garantiertem Schlafplatz ein lächerlicher Preis. Die zweifelnd gerunzelte Stirn unseres hilfreichen Astrophysikers lässt aber vermuten, dass der Originalpreis bei etwa einem Viertel liegt. Mit überschwenglichen Wünschen für eine gute Reise und der wiederholten eindringlichen Warnung, ja nicht in ein fremdes Auto einzusteigen, werden wir verabschiedet – ehrlich besorgt aber gleichzeitig sichtlich erleichtert, endlich der Verantwortung für unsere Unversehrtheit enthoben zu sein.

Wir hätten viel versäumt, wenn die Flugmöglichkeit kein Gerücht gewesen wäre! Da gilt es zunächst die Zugausstattung zu bewundern: Wir sitzen auf blassblau gestrichenen Holzbänken, über uns ist ein Gestell angeordnet, das gleichzeitig als Gepäckablage dient und – wie uns später demonstriert wird – in weiter ausgeklappter Formation unser Schlaflager sein wird. Das Reisepublikum ist eine Augenweide. In herrlich bunte Gewänder gehüllte turkmenische Frauen mit ihrem dunklen Teint und ihren kohlrabenschwarzen Haaren und Augen – durchweg freundlichen und, wen wundert es, ungeniert neugierigen Augen. Sie richten sich auch umgehend häuslich ein, zaubern aus ihrem Gepäck Samowars hervor und beginnen ohne Umschweife Tee zu kochen. In diese Idylle bricht ein Zweizentnerweib mit ausgeprägtem schwarzem Schnurrbart ein, sie dröhnt mit ihrer kommandierenden Bassstimme durch den Waggon und verbreitet sichtlich Angst und Schrecken. Uns Ausländern gegenüber ist sie dagegen erstaunlich zuvorkommend, es macht ihr aber auch sichtlich Spaß, vor uns ihre Machtfülle über das niedere Volk zu demonstrieren. Wann wir denn in Samarkand ankämen, will ich in Erfahrung bringen. Sprachlich können wir uns nicht austauschen, aber sie versteht meine Gestik und ich ihre Antwort: Wir sollen uns nicht sorgen, sie werde uns schon rechtzeitig darauf aufmerksam machen.

Ich wache gegen 2 Uhr auf. Unser Zug steht. Draußen ist stockfinstere Nacht. Nun ja, das kann dann wohl kein Bahnhof sein. Allerdings macht mich doch der Umstand stutzig, dass neben uns auf dem Nachbargleis ein weiterer Zug steht. Das wäre für einen Aufenthalt auf freier Strecke dann doch etwas ungewöhnlich. Ich mache mich auf die Suche nach unserem Schaffner-Koloss. Sie ist auch nicht schwer zu finden. Aus einem kleinen Sonderabteil, dessen Tür nur angelehnt ist, dringen unbeschreibliche Geräusche. Nein, das ist kein Schnarchen, das ist ein Grunzen wie von einem Zuchteber, der einen anstrengenden Besamungstag hinter sich hat. Hier kann ich mir also keine Auskunft erhoffen. Aber dann erkenne ich Gestalten, die unseren Zug verlassen, eine Tür zu den nachbarlichen Waggons öffnen und dort hinein klettern. Der Uhrzeit nach **muss** das eigentlich Samarkand sein. Ich krame unsere Utensilien zusammen – meine Frau ist schon von allein wach geworden – dann machen wir uns daran, auch den Weg durch den Nachbarzug zu gehen. Tatsächlich lässt eine funzelige Laterne an einer Baracke so etwas wie einen Bahnsteig erkennen.

Versteckt hinter einem undefinierbaren Gebäude findet sich sogar ein halbwegs erleuchteter Platz, auf dem einige Autos und mehr oder weniger düstere Gestalten lungern. Den Hünen, der von zwei Mädchen begleitet wird und der mir bereits in Tashkent aufgefallen ist, erkenne ich als einen unserer Mit-Passagiere. Er stammt aus Minsk und spricht relativ gut deutsch. Nein, ein Bus in die Stadt verkehrt um diese Zeit nicht, gibt er seine Erkenntnisse an mich weiter. Taxi auch nicht, es bleibt nur, sich einem dieser Privatautos anzuvertrauen. „Steigt unter keinen Umständen in ein fremdes Auto" hat man uns nicht nur einmal gesagt. Wenn es wenigstens ein vernünftiges Bahnhofsgebäude gäbe, dann könnte man ja dort den Anbruch des Tages und damit einen regulären Bus abwarten. Aber das gibt es nicht. Was bleibt uns also anderes übrig.

Ich besehe mir die möglichen Kandidaten näher und treffe meine Wahl – zwei in meinen Augen vergleichsweise harmlos dreinblickende ältere Männer. Nein, mit denen fährt sie nicht, gibt mir meine Frau ihre Einschätzung bekannt. Aber dort drüben – da steht so eine Art VW-Bus – das seien zwar auch zwei Männer, aber da sei auch eine Frau dabei, da würde uns sicher nichts passieren. Wo die Frauen nur immer diese hohe Einschätzung ihres Geschlechts hernehmen! Die beiden männlichen Gestalten sind mir jedenfalls nicht sehr geheuer. Aber was sollen wir machen? Der Minsker Hüne kommt noch einmal zu uns herüber und ich sage ihm, dass wir jetzt mit diesem Kleinbus fahren würden. Ich werde nie vergessen, in welchem Ton er zu mir sagt „Na dann viel Glück". Es klingt wie endgültiger Abschied.

Unser Reiseweg liegt in vollkommener Finsternis. Man müsste doch eigentlich den Lichterschein der Stadt wenigstens erahnen, so sollte man meinen. Auch würde man üblicherweise davon ausgehen, dass die Zubringerstraße von der Stadt zum Bahnhof weitgehend geradlinig verläuft. Wir aber fahren immer wieder abrupte Kurven, offensichtliche Abzweige. Unsere Reisegefährten unterhalten sich, ohne uns scheinbar noch zu beachten. Gerade wirkt das Aufeinander-Einreden noch etwas intensiver – oder bilde ich mir das nur ein? Und dann passiert es:

Plötzlich halten wir neben einem nur als undeutlichem Schatten erkennbaren, kleinen Häuschen. Der weibliche Teil unseres Begleit-Teams öffnet die Seitentüre und verschwindet, ohne uns noch eines Blickes zu würdigen.

Meine Frau ist eine sehr mutige Frau, ich bewundere sie immer wieder, wie sie mit mir ohne Bedenken an einsamen Waldrändern oder Küstenregionen im Campingbus nächtigt. Aber jetzt spüre ich, wie sie meinen Arm ergreift und höre, wie sie kaum hörbar meinen Namen flüstert. Ich meinerseits taste verstohlen nach meinem Taschenmesser – irgendetwas muss man ja tun – aber insgeheim drückt es mir auch den Atem ab vor unausgesprochener Furcht. Die beiden aber, palavern fröhlich weiter, werfen nur ab und zu einen Blick über ihre Schultern nach uns. Nun macht schon, denke ich fatalistisch, lass es hinter uns bringen. Und da halten sie tatsächlich. Grinsen uns freundlich an und deuten nach links. „Hotel" sagt der eine. Ich kann es nicht glauben – wir stehen tatsächlich vor dem Intourist-Hotel.

3 Dollar haben wir am Bahnhof vereinbart. Als mich der so düster empfundene Geselle ausgesprochen treuherzig anstrahlt, lasse ich ihm den 5-Dollarschein ungewechselt. Klar ist, dass Samarkand nächtens aus Energiespargründen in Dunkelheit gehüllt wird. Und so weit ich ihn verstehe, sind sie in der Tat irgendwelche Schleichwege gefahren, weil die Polizei nur auf solche Privat-„Taxis" lauert, um dann ihrerseits schamlos einen Obulus zu erpressen.

So erleichtert haben wir uns noch selten in ein Hotelbett gelegt!

Eine zusätzliche, freundliche Geste – gleichsam als Willkommensgruß in dieser faszinierenden Stadt und Ausgleich für unsere ausgestandenen nächtlichen Ängste – wird uns am anderen Morgen zuteil: Als ich meine Rechnung begleichen will – 80 Dollar will man für eine Nacht und das ist in dieser Region wahrlich ein horrenter Preis – sagt mir die freundliche Dame an der Rezeption „Ich berechne Ihnen nur 40, Sie haben Ihr Zimmer ja schließlich nur eine halbe Nacht in Anspruch genommen."

Ein Schlüsselerlebnis

Angst ist ein beinahe alltägliches Element des menschlichen Lebens. Es gibt aber so viele Formen der Angst, so viele Nuancen und Schattierungen, dass die Unterbegriffe wie Entsetzen, Schrecken, Grauen, diese Vielfalt nur sehr unvollkommen deutlicher beschreiben können. Wie verschieden ist doch die langsam vom Moment des Erwachens über die Busfahrt bis hin zum Empfang des Prüfungsbogens wachsende beklemmende Angst des Schülers vor der Schulaufgabe von der schockartigen des Autofahrers, dem plötzlich bei 100 km/h auf seiner Fahrspur ein Hindernis entgegenfliegt. Natürlich habe ich als Bergsteiger, als Kletterer oft und oft Angst gehabt, die langsam schleichende, wenn der Abstand zum letzten Haken immer größer und der Weiterweg – oder ein nötiger Rückzug – immer unwahrscheinlicher wurde, oder die blitzartig in die Glieder fahrende, beim Surren der aus heiterem Himmel niederprasselnden Steinsalve. Oder wenn der erste Blitz zuckt und der Donnerschlag sich gleichzeitig in allen Wänden bricht. Oder das Herzklopfen, wenn man in den Schneehang hineingeht, den man queren **muss**, um wieder in die Zivilisation zurückzukehren, der aber unter seiner scheinheiligen Ebenmäßigkeit wie eine Kobra mit seinen Lawinenaugen droht.

Berechtigte Angst. Unangenehme Angst.

Davon will ich nicht schreiben. Ich möchte dem Gruseln, der prickelnden Angst ein paar Seiten widmen, von dem erzählen, was jedem anständigen Menschen schon einmal widerfahren ist, wenn er allein durch den Wald ging. Natürlich muss es nicht der Wald sein, eine einsame, dunkle Gasse in einer fremden Stadt tut es auch, aber die ganz normale Natur – und im Besonderen das Gebirge – verfügt über ein schier unendliches Repertoire an verdächtigen Geräuschen, und sei es auch eine völlige, ungewohnte Stille, hat eine unerschöpfliche Trickkiste an Lichteffekten und Schattenspielen, an unverhofftem Windhauch und klebriger Feuchte, dass jede Geisterbahn nur ein dürftiger Abklatsch sein kann.

Die Katalysatoren für ein richtiges Gruseln sind eigentlich alle aufgezählt – Alleinsein, Dunkelheit, Geräusche. Das muss nicht notwendigerweise zusammentreffen, zwei dieser Hexenelixiere garantieren meist schon ein mulmiges Gefühl, ein spür- und hörbares Herzklopfen, wo man doch vorher gar nichts gespürt und gehört hat, eine innere Spannung und Reizempfindlichkeit, die dem reizabgestumpften Menschen an sich schon unheimlich wirken muss. Nicht nur bei schwächlichen Damen, meine Damen, auch muskelprotzende Zweizentner-Kolosse sind dagegen nicht gefeit. Denn das in die Lautlosigkeit eines trüben Herbsttages ächzende Geräusch eines Baumes, das Klagen der Wipfel im Nachtwind, der Nebelfetzen, welcher Bewegung und Gestalten vorgaukelt, ist nichts, dem man mit Fäusten oder Muskelkraft Herr werden könnte, das verbreitet urtümliche Ur-Angst, für die man höchstens durch Gewöhnung ein gewisses dickes Fell bekommen kann.

Wir hatten uns im Klettergarten zusammengefunden, sechs unternehmungslustige Nacheiferer von Dülfer und Maduschka, Ertl und den Schmitt-Brüdern. Zwischen 15 und 17 waren wir jung und voller unverbrauchter Begeisterung. Bei einigen gemeinsamen Touren in die Felsen der Voralpen, des Kaisers und des Wettersteins hatten sich auch ganz automatisch schon Seilschaften gebildet. Das war wie wenn drei Burschen und drei Mädchen zusammen losziehen, da wird auch nicht geknobelt welche mit welchem, sondern nach spätestens einer Stunde haben unsichtbare Sympathieströme die Paare zueinander geführt. Und wenn man erst einmal so richtig und ausschließlich für eine Sache Feuer gefangen hat, dann ist der Kopf davon nicht mehr frei zu pusten und das Herz ist voller Träume. Am Donnerstag-Abend trafen wir uns regelmäßig am Hauptbahnhof, um in diesen Träumen zu baden, gemeinsame Touren fürs Wochenende auszumachen oder über mögliche Urlaubsziele zu diskutieren. Und wenn die Klettersaison nach der letzten, mit halberfrorenen Fingern vorzeitig abgebrochenen Unternehmung endgültig eingemottet wurde, dann verlegt man sich eben auf – möglichst hochalpin anmutende – Skitouren.

Kurz nach Weihnachten begannen wir mit der Planung für Ostern. Überhaupt nahm das Pläneschmieden damals einen breiten Raum in meiner Freizeit ein. Da wurden Führer studiert und aus der Karte Anstiege und lange Talhatscher herausgelesen, Stunden zusammenaddiert, Tages-Solls erfüllt und – selbstverständlich Alternativen erarbeitet. Eine Tour sorgfältig zu planen, fordert seine Zeit, forderte damals ungleich mehr Zeit. Schließlich waren wir damals noch notgedrungene Kunden der Deutschen Bundesbahn und so musste, nachdem die alpine Wunschvorstellung formuliert war, das Unternehmen unter Hinzuziehung des Fahrplans auf seine Realisierbarkeit hin überprüft werden. So manches ausgeklügelte Planwerk fiel da innerhalb weniger Augenblicke in sich zusammen, wenn sich herausstellte, dass die uneinsichtigen Fahrplankonstrukteure um 17.49 Uhr die letzte Chance einräumten, zu Mutters Kochtöpfen zurückzukehren. Dann wurde wieder gerechnet, umdisponiert, geschätzt – wenn man ohne aufs Teewasser zu warten schon im Dunkel losginge, die Führerzeit sich vielleicht um eine Stunde unterbieten ließe ... Oder sollte man sich den X-Zapfen aufheben, bis man noch besser in Form war und sich diesmal mit der Y-Route bescheiden? Schon war man mitten im Alternativen-Spiel. Das ließ sich – so man wollte – freilich schier endlos verfeinern: Wenn es aber am Samstag Vormittag regnen, später jedoch aufklaren sollte, oder, falls man am Samstag Früh schon erkennen konnte, dass am Nachmittag ein Gewitter zu erwarten sei ... Kombination aus Touren- , Wetter- und Abstiegsalternativen konnten einen durchaus die Woche über beschäftigen, bis man endlich wieder zur Ausführung schreiten konnte. Handelte es sich aber um Großunternehmen wie Ostern, Pfingsten, große Ferien, so konnte man sich ohne Schwierigkeiten mehrere Wochen oder gar Monate der Projektierung hingeben, träumen, sich vergallopieren und kurz vor Reiseantritt von den Tatsachen Zeit und Finanzen wieder eingeholt werden. So man wollte. Und ich wollte und hatte ein billiges Vergnügen daran.

Das Ergebnis für dieses Ostern, zu dem ich wahrscheinlich gar nichts beitrug, weil die anderen weniger ausschweifend und ohne Wenn und Aber einfach ein Ziel auserkoren hatten, war eine Skitour zur Falkenhütte im Karwendel. Da fährt man heutzutage gemütlich in 1 - 1 ½ Stunden in die Eng und ist dann in weiteren 1 ½ Stunden auf der Hütte. Bei uns ging es damals im Schneckentempo einer Bockerlbahn nach Lenggries und von dort mit den Rädern nach Hinterriß. Durchs Johannistal braucht man auch im Sommer 3 ½ Stunden, wir aber mussten spuren und der Proviant für 4 Tage drückte sogar uns magere Pimpfe etwas tiefer in den sulzigen Schnee.

So war es kein Wunder, dass bald die Dämmerung hinter uns das Tal heraufschlich und es war dunkel, ehe wir noch den Kleinen Ahornboden erreicht hatten. Schneefall hatte eingesetzt und wir kamen uns insgeheim ein bisschen verloren vor, obwohl das natürlich keiner zugegeben hätte. Unser Selbstvertrauen erhielt aber einen nicht mehr wegleugbaren Knacks, als ein plötzlicher Knall uns aus unserer gleichförmigen Spurarbeit hochfahren ließ. Was war das? Eine Lawine?! Nein. Es war nicht **eine** Lawine, es waren Lawin**en** und das Grollen rollte nun immer häufiger durch das Tal. Keiner von uns war vorher auf diesem Weg zur Falkenhütte aufgestiegen. So kamen Unkenntnis des Geländes und Unerfahrenheit zusammen, wir hatten keine Ahnung, wie nahe uns dieses Spektakel war, wie gefährdet unser Weiterweg sein würde. Wir wussten nicht, dass das keine Schneebretter, sondern Staublawinen waren, die lautlos wie ein Wasserfall über die Nordwände der Lalider flossen, um dann mit Knall im Kar zu zerstieben. Jedenfalls war uns nicht danach zumute, im Dunkel plötzlich überrollt zu werden und als wir kurz darauf an die Jagdhütte am Kleinen Ahornboden stießen, war der Entschluss schnell gefasst, hier nach einem Unterschlupf zu suchen.

Die Entscheidung, ob wir uns in einer solchen Notlage befanden, dass ein gewaltsames Eindringen in die Hütte zu rechtfertigen wäre, wurde uns dadurch erleichtert, dass sich ein Fensterladen problemlos öffnen ließ und das Fenster selbst nur mit einem windigen Nagel gesichert war. So konnten wir in eine Kammer einsteigen, ohne irgendetwas beschädigen zu müssen. Von der Kammer gelangten wir in die kleine Diele des eigentlichen Eingangs, die Tür zur Küche stand halb offen. Die Taschenlampe riss eine gemütliche Sitzecke aus dem Dunkel, einen urigen Holztisch, einen Herd. Er war kalt, aber darüber an einer Schnur hingen ein Hemd und ein Paar Strümpfe, so als hätte sie jemand gerade zum Trocknen aufgehängt.

Während ich mich bemühte, ein Feuer in Gang zu bringen, visitierten die anderen unsere Notunterkunft. Zwei inspizierten die Einzelheiten der Stube, zogen eine Schublade auf, öffneten neugierig eine Schranktür, der dritte verschaffte sich einen Überblick der weiteren Räumlichkeiten. Neben der Kammer, durch die wir eingestiegen waren, hatte ich schon vorher eine zweite Tür bemerkt. Außerdem führte direkt vor der Eingangstür eine Treppe nach oben. Dort im ersten Stock sei ein Schlafraum, berichtete der Franze, die Tür neben unserer Einstiegskammer sei versperrt.

Die anderen hatten inzwischen eine Kerze auf dem Tisch installiert und in Erwartung der Suppe, die ich nach dem ersten erfolgreichen Zündeln an meinem kunstvollen Spreißelgebilde in Aussicht gestellt hatte, auch schon Teller und Löffel bereit gestellt. Allmählich fühlten wir uns schon ganz heimisch, und die ziemlich kleinlauten Buben von vor einer halben Stunde hatten sich wieder zu trutzigen Kerlen gemausert. Man frotzelte, machte die gerade überstandene leise Angst durch laute Worte wett und widmete sich genussvoll den Vorbereitungen für ein ausgiebiges Abendessen.

Mitten in einen Moment der Stille dröhnte das Geräusch einer Türklinke. Wir saßen wie erstarrt, warteten wie ertappte Diebe auf das Eintreffen des Hausbesitzers begleitet von seinem Schäferhund. Aber weder öffnete sich die Tür noch war irgendein Geräusch zu hören, kein aufstampfendes Abschütteln des Schnees, kein Schließen der äußeren Türe, kein Tasten im Dunkeln, kein Entsichern eines Jagdgewehres.

Ein Knacken vom Ofen her krachte in die angespannte Stille, holte uns aber auch wieder ins Leben zurück. Der gewollt forsche Ton in dem "Ist da jemand?" missglückte zwar, aber immerhin war ein Anfang gemacht. Der Franze ergriff schließlich die Initiative und eine Taschenlampe und öffnete mit ausgestrecktem Arm und respektvollem Abstand die Tür zu unserer guten Stube. Kälte floss aus der finsteren Diele herein, aber der Schein der Taschenlampe traf keinen Hausbesitzer und keinen Hund, sondern die unverändert verschlossene Haustüre. Jetzt stießen auch wir anderen drei nach und als einer geprüft hatte, ob die Eingangstüre immer noch verschlossen war, fanden wir auch unsere Sprache wieder. Wir setzten gerade dazu an, in gewohnter Weise unseren Schrecken abzufrotzeln, da fiel das Licht auf die Tür neben unserer Einstiegskammer. Die Türklinke zeigte schräg nach unten, so als würde sie von innen niedergedrückt!

"Hallo!?" – Schweigen. Mutiger Griff zur Klinke – die Tür ist immer noch abgesperrt. Endgültige Erleichterung! – "Psst!" Der Klaus zischte uns das zu, nachdem er mit der Taschenlampe durchs Schlüsselloch die geheime Kammer ergründen wollte. "Da steckt der Schlüssel von innen!" Erneute beklemmende Stille, dann raffte ich mich auf: "Sie brauchen keine Angst haben, wir sind nur Bergsteiger, kommen'S ruhig raus." Wäre tatsächlich jemand hinter dieser geheimnisumwitterten Türe gestanden, er hätte sich spätestens jetzt durch prustendes Lachen verraten, denn meine Aufforderung, keine Angst zu haben, triefte vor Angst.

Das Überkochen der Suppe ließ uns für einen Moment zu realen Gegebenheiten zurückfinden. Also die Klinke schien ja etwas wacklig und vermutlich hatte der Franze sie bei seinem Erkundungs-Rundgang nach oben gedrückt und dann ist sie halt gerade wieder runtergefallen, als wir zufällig alle das Maul zu hatten. Aber der Schlüssel von innen? Und die Fensterläden werden ja schließlich auch von innen verriegelt und **der** Fensterladen war solide zu, das hatte ich von außen geprüft. Da musste doch einer drinnen sein, wenn schon kein – ja, wenn schon kein Lebendiger, dann vielleicht ein Toter? Der sich eingesperrt hatte und dann in der Nacht gestorben war? Oder vielleicht hatte ihn der Herzschlag getroffen, als er uns am Fensterladen hantieren hörte? Da hingen doch auch noch die Strümpfe und das Hemd!

Nicht einmal das Frotzeln wollte mehr gelingen, eigentlich machte gar keiner mehr Anstalten dazu, wir unterhielten uns beinahe flüsternd, aßen ungewohnt geräuschlos und mit weit weniger Appetit als ursprünglich diagnostiziert. Unser Schlaflager bauten wir uns in der warmen Stube auf und fühlten uns dann letztlich in der Gemeinsamkeit und Müdigkeit doch einigermaßen sicher. Trotzdem wachte unser jugendlicher Mut und Elan erst wieder mit dem Tageslicht auf.

Ein klarer, kalter Morgen sprang uns an, als wir den Laden unseres Einstiegfensters öffneten. Auf dem Küchentisch hinterließen wir einen Zettel, dass wir in Bergnot für eine Nacht eingedrungen seien. Dann legten wir noch 2 Mark dazu, ob für den Verängstigten hinter seiner verriegelten Tür, damit er sich mit ein paar Obstlern von seinem Schrecken erholen könnte oder als Beitrag zum Leichenschmaus, falls die Kammer doch von einem Toten bewohnt sein sollte – wir wussten es selbst nicht. Wir waren froh, unsere Spur per Augenschein und nicht mehr im Finstern tastend legen zu können, freuten uns an dem Eintauchen der Skispitzen in den frischen, flockigen Pulverschnee und berauschten uns an dem Schauspiel der gelegentlich niederstiebenden Schneekaskaden in den Laliderwänden.

Der rätselhaft von der Innenseite ins Loch geschobene Schlüssel beschäftigte meine Gedanken und meine Phantasie aber noch einige Tage – und vor allem – Nächte danach.

Der bergsteigende Seemann

Auslöser war der Grand Canyon gewesen, den meine Frau unbedingt sehen wollte. Tatsächlich wurde daraus eine ganze Kette von besuchten National Parks, angefangen vom Sequioa National Park über den Yosemite, Mount Whitney und Bryce Canyon und nun, da sich unsere Zeit dem Ende zuneigt, sind wir noch in einem erst seit kurzem dazu erhobenen Park, dem Great Basin National Park in Nevada. Er hat einige Besonderheiten zu bieten, die zauberhaften Lehmann Caves mit ihren Felszeichnungen, einen Campground auf 3000 m, eine mehrere tausend Jahre alte Art von Zwergfichten – und einen Fast-Viertausender.

Der Mount Wheeler ist zwar alles andere als eine rassigreizvolle Berggestalt – im Grunde genommen ist er ein riesiger Schotterhaufen – aber um die lange Autofahrt ein bisschen aus den Beinen zu schütteln, beschließe ich, nachdem wir uns am Campground etabliert haben, dem Burschen doch noch schnell aufs Haupt zu steigen. Im Rucksack habe ich neben Wasserflasche, Schokoriegel und Foto noch ein T-Shirt und den Plastikanorak. Ich selbst trage außer den leichten Bergschuhen nur eine Turnhose. Die ersten 200 Höhenmeter wähle ich einen eigenen, wenn auch relativ steilen Direktanstieg, spare mir auf diese Art und Weise aber eine weit ausholende Schleife und damit auch Zeit. Am Hauptrücken angekommen treffe ich auf den eigentlichen Aufstiegsweg. Ich bin darauf noch nicht allzu lang zu Gange, da taucht vor mir eine ziemlich abenteuerliche Gestalt auf: Der Mann dürfte gut um die 70 sein, hat einen Rucksack, wie ich ihn nur in meinen alpinen Anfängen besessen habe, eben einen Sack mit zwei Trageriemen, ohne Gestell, Rückenpolsterung oder sonstiger heute üblichen Struktur. Er ist rundlich ausgefüllt und ansonsten mit allerhand Gerätschaften behängt: Emaillierte Blechtasse, Alu-Wasserflasche, Alu-Kaffekanne, sowie ein paar verrußte Töpfe, obenauf balanciert etwas, das sich vermutlich zu einem Zelt gestalten ließ und darüber baumeln diverse Kleidungsstücke. Die Gangart dieses Outdoor-Spezialisten ist dem Rucksack angepasst! Ein freundliches Hello beiderseits, ansonsten aber lasse ich mich auf kein weiteres Gespräch ein.

Die Bewegung tut mir gut, ich bin durch unseren Dreitagestrip im Yosemite, wo wir uns auch meist an der Dreitausender-Grenze bewegt haben und die Besteigung des 4400 m hohen Mount Whitney blendend akklimatisiert und so spüre ich die zunehmende Höhe kaum. Der Schotterhaufen-Charakter des Berges stört mich inzwischen gar nicht mehr. Die eingelagerten intensiv farbigen Blumeninseln erfreuen nicht nur das Auge. Ich bin immer wieder erstaunt und fasziniert, dass so etwas in einer so unwirtlichen Gegend und in dieser Höhe überhaupt möglich ist. Je höher ich komme, desto weiter wird auch der Blick über die verbrannte, immer noch unter sirrender Hitze flimmernde Landschaft draußen in der Ebene. Hier oben ist es angenehm kühl und beinahe beängstigend still.

Allzu lange halte ich mich nicht auf am Gipfel. Das T-Shirt habe ich übergestreift, ich fotografiere ein bisschen, genieße die Ruhe, den weiten Ausblick, das Alleinsein – und freue mich auf ein Bier und das T-bone Steak, das ich im Kühlschrank unseres Campers weiß. Dann mache ich mich wieder an den Abstieg, springe leichtfüßig über scharfkantig zerborstene Kalkfelsen hinein in eine zunehmend abendliche Stimmung.

Kaum sehr viel höher als dort, wo ich ihn passiert habe, entdecke ich etwa 50 m abseits des Weges den Alten mit seinem Umzugsgepäck. Das kommt mir nun doch etwas bedenklich vor. Ich bremse mich also aus, gehe zu ihm hinüber und frage, ob alles o.k. sei. „Oh yeah, I'm perfectly alright", bekomme ich zur Antwort. Als ich trotzdem etwas skeptisch dreinschaue, sagt er, er habe mich nur den ganzen Aufstieg über fasziniert beobachtet, mit welcher Geschwindigkeit ich da hinauf geklettert sei. Und ob ich das schon länger mache? Ja, sage ich, eigentlich fast mein ganzes Leben. Das merke man, lächelt er bewundernd. Und dann beginnt er zu erzählen.

74 ist er, lebt in San Diego, war sein Leben lang Seemann und hat bis vor 8 Jahren nie einen Fuß in so unangenehm gefaltete Erdregionen wie die Berge gesetzt. Das heißt, ganz stimmt das nicht, wie sich in der weiteren Erzählung herausstellt. Das mit den Bergen schon, aber das mit dem lebenslangen Seemann nicht ganz. Tatsächlich hat er als Kind noch den Wilden Westen miterlebt, so wie wir ihn mit großen Kinderaugen auf der Leinwand verfolgt haben. Es ist ein seltsam prickelndes Erlebnis, einem solchen Zeitzeugen von Kinderträumen gegenüber zu sitzen! Aber was ihn denn nun so völlig aus seiner seemännischen Bahn geworfen habe, dass er sich abends kurz vor dem Dunkelwerden in den Bergen und auch noch auf dieser dann nachts doch empfindlich kalten Höhe herumtreibe, will ich wissen. Da lächelt er mich an und merklich in sich hinein. Ja, ja, genau das mit der Höhe sei der Grund, erklärt er mir. Er habe ein solch schweres Bronchial-Asthma, dass er schon beinahe einmal den

Löffel weggeworfen habe. Von Arzt zu Arzt sei er gewandert, habe kiloweise Medikamente verschrieben bekommen und diese auch gefressen, bei einem Professor, einer anerkannten Kapazität sei er letztlich gelandet, aber alles habe nichts genützt. Das Leben sei einfach nicht mehr lebenswert gewesen. Da habe er in seiner Verzweiflung angefangen, sich selbst mit medizinischer Literatur zu beschäftigen. Und dabei sei er auf einen Hinweis gestoßen, dass in großer Höhe die Produktion der roten Blutkörperchen intensiviert werde und sich das sehr positiv auf seine Beschwerden auswirke. Das habe er dann einfach einmal ausprobiert – und er sei ein völlig neuer Mensch geworden!

Daraufhin sei er noch einmal zu seinem Professor gegangen, fährt er nach einer kurzen Pause fort, und habe ihm von seiner bahnbrechenden Erkenntnis berichtet. „Ja, da haben Sie durchaus etwas Richtiges getan", habe der Professor gesagt. Und als er ihn dann ganz konsterniert gefragt habe, warum er ihm das denn nicht gesagt und verordnet habe, sei die ebenso verblüffende wie erschreckende Antwort gewesen: „Was glauben sie, was meine Kollegen mit mir gemacht hätten, wenn ich das getan hätte!"

Jetzt mache er zweimal im Jahr eine Bergtour, bei der er sich 10-14 Tage in einer Region zwischen 3000 und 4000 m bewege und das reiche aus, ihn ein halbes Jahr beschwerdefrei zu machen.

Mir wird es kalt in meiner Turnhose und meinem T-Shirt. Daher verabschiede ich mich von ihm, nachdem ich mir noch einmal habe versichern lassen, dass er vollkommen „alright" sei. Ich hätte mich gerne noch länger mit diesem so hoch gestrandeten Seefahrer ausgetauscht.

Aber er macht einen rundum glücklichen und zufriedenen Eindruck, wir verabschieden uns mit einem langen Händedruck und bevor ich mich in meinen steilen Abschneider stürze, wo der Sichtkontakt abreißt, schicke ich ihm noch einmal einen besonders schönen Jodler hinauf.

Vorsichtshalber sage ich abends doch noch dem Ranger Bescheid, damit er gegebenenfalls seine Augen ein bisschen offen hält.

Ich habe jedenfalls das Gefühl, mit einer ganz besonderen Begegnung beschenkt worden zu sein.

Eingeschneit

Auch „Die Bekehrung des Handy-Gegners" würde sich als potenzieller Titel anbieten. Aber darauf komme ich vielleicht noch einmal am Ende der Geschichte zurück. Als ich meine (Amateur)-Theaterkarriere mit der Rolle des Professor Crey – das ist der mit der alkoholischen Gärung – in Spoerls Feuerzangenbowle begann, da sagten mir der Prinzipal des kleinen Privattheaters, der Regisseur und die Mitspieler zeitversetzt in etwa alle das gleiche: So wie du aussiehst, musst du unbedingt einmal Karl Valentin spielen. In der Tat hatte ich – damals noch – eine ziemlich asketische Figur und die physiognomische Ähnlichkeit brachte mir des Öfteren den spontanen Vergleich mit dem großen bayerischen Komiker ein. Oder mit Sepp Mayer (was kein Widerspruch ist, schließlich hat unser Nationaltorwart wie der Valentin ausgeschaut), je nachdem, ob der Vergleicher mehr kulturell oder mehr sportlich orientiert war. „Sehr gern", habe ich den Theaterleuten damals gesagt, „ihr müsst mir halt eine Liesl Karlstadt besorgen." Und bei der war nun weniger Ähnlichkeit mit dem Original gefragt, als vielmehr die einwandfreie Beherrschung des bayerischen Dialekts. Und das war das Problem im zwar staatspolitisch noch bayerischen, aber mundsprachlich fränkischen Würzburg.

Einige Jahre später hatten sie dann eine. Und was für eine! Sie stammte nicht nur original aus München, sondern passte auch vom Äußeren her wie extra dafür gestrickt. Und sie war keine Amateurin, nein eine echte, ausgebildete Schauspielerin, die jahrelang das „Marei" im „Brandner Kaspar" am Residenztheater in München gespielt hatte. Unsere Valentin Produktion wurde trotz erheblicher Schwierigkeiten – der unbayerische Regisseur warf, zu meiner großen Erleichterung, bereits nach zwei Proben das Handtuch und der Ersatzregisseur landete nach nicht sehr viel mehr Proben mit einem Hörsturz im Krankenhaus – ein großer Erfolg und wir hatten beide sehr viel Freude mit den Stücken und aneinander.

Während dieser Spielzeit entwickelte sich dann die Idee, den Brandner Kaspar als Freilichtaufführung im darauffolgenden Sommer zu inszenieren. Dabei wollte meine Valentin-Partnerin die Regie übernehmen. Und mich verpflichtete sie gleich als „Boandlkramer". (Für Nicht-Bayern: das ist der Tod). Auch den Brandner selbst konnten wir mit einem besetzen, welcher der bayerischen Sprache mächtig war, die Regisseurin brachte noch zwei junge Schauspieler aus München mit und der Rest versuchte mehr oder weniger erfolgreich sein Fränkisch hinter einem Pseudo-bayerisch zu verstecken. Wir spielten an einem Weingut direkt in den Weinbergen unterhalb der Steinburg – eine ideale Kulisse. Das ganze wurde ein Riesen-Erfolg und gelegentlich werde ich heute noch darauf angesprochen.

Etwa drei Jahre später bekam ich von meiner Regisseurin einen Anruf: Sie wolle im Oktober den Brandner in Weilheim inszenieren und ob ich Lust und Zeit hätte, sozusagen vor heimatlichem Publikum, noch einmal den „Boandlkramer" zu spielen. Lust hatte ich natürlich, nur die Zeit musste ich irgendwie mit meinen fachhochschulischen Pflichten zu vereinbaren versuchen. Aber mit gutem Willen meiner Kollegen und meiner Studenten konnte ich auch das arrangieren.

Nachdem ich ja erst für die Aufführungen am Abend präsent sein musste, hatte ich den Tag zur freien Verfügung. Es herrschte herrlich stabiles Herbstwetter, die Nordseiten von Wetterstein und Karwendel hatten schon ihren ersten Schneeschmuck erhalten und gaben der Gelbfärbung der Laubbäume einen zusätzlichen Kontrast. So schnürte ich nach dem Frühstück regelmäßig meine Bergschuhe und genoss Aussicht und Alleinsein, stetiges Höherkommen und Stille. Der Krottenkopf im Estergebirge oberhalb von Oberau hat überhaupt nichts Spektakuläres aufzuweisen, er hat weder eine rassige Felswand zu bieten, noch ist er sonderlich markant, aber irgendwie hatte mich dieser Bergkamm schon immer gereizt. Das war nun wahrlich die richtige Gelegenheit dafür. Steil führt der Weg durch die Nordflanke in nicht enden wollenden Serpentinen nach oben, etwa ab 1800 m stapfte ich durch noch jungfräulichen Schnee. Gerade rechtzeitig zur Mittagszeit saß ich in der wärmenden Sonne vor der Krottenkopfhütte, die natürlich längst geschlossen war. Ich freute mich an meinem Bier, meiner Brotzeit, an dem strahlend blauen Herbsttag, dem tiefen Blick ins Tal und hinüber zu den vertrauten Felskulissen von Karwendel und Wetterstein – und darüber, wie gut es mir ging.

Die Hütte lag aber auch einfach zu schön! Direkt auf einem Sattel, so dass der Blick ungehindert nach Süden wie nach Norden schweifen konnte. Natürlich hatte ich einen Inspektionsrundgang gemacht und dabei mit Freude festgestellt, dass es einen Winterraum gab. Da musste ich unbedingt einmal eine Skitour mit einer Nacht hier oben einplanen!

In der letzten Novemberwoche hat eine Kaltfront schon für ungewohnt winterliche Verhältnisse in den Bergen gesorgt. Und in der ersten Dezemberwoche kommt alles zusammen: Ein Fachvortrag an der BW-Universität in München interessiert mich, meine Frau möchte auch wieder einmal Münchner Luft schnuppern – und das Wetter scheint für ein paar Tage stabil. Was den Vortrag betrifft, so habe ich mich da um eine Woche verschaut, die Frau hinterlasse ich bei **ihren** Freunden und **meine** Freunde arrangieren für mich einen Schaffkopf-Abend. Und der nächste Morgen bestätigt die Wetterprognosen. Ich telefoniere noch einmal mit meinem Weibchen, nenne ihr zwei alternative Ziele, aber insgeheim habe ich mich schon für die Krottenkopfhütte entschieden. Im Winter kommt nur der Aufstieg von der Südostseite, also von Krün bzw. Wallgau in Betracht. Und einfach so aus der Karte herausgelesen gehe ich schon davon aus, dass ich ca. 4 Stunden brauchen werde. Im Wald entdecke ich eine Spur und folge ihr freudig, weil ich mir auf diese Weise die Spurarbeit erspare und außerdem mir keine Gedanken hinsichtlich der Orientierung zu machen brauche. Ein anderes Ziel als meinen Krottenkopf kann – so bin ich überzeugt – mein Vorgänger gar nicht gehabt haben.

Nach 2 ½ Stunden glückseligem Skier durch die Spur Schieben werde ich eines Besseren belehrt. Es ist zwar nur ein ganz unscheinbarer Kopf, der aus der Wald- in die Latschenzone hinausragt und dem Krottenkopfmassiv vorgelagert ist, – aber er hat eine unangenehme Eigenschaft: Von hier aus geht es nicht mehr weiter. Der Grat, der theoretisch in Richtung meines eigentlichen Zieles führen würde, wird mir eben durch ein solches Latschendickicht verwehrt, das mich vermutlich Stunden und ein zerschundenes Gesicht kosten würde, nach rechts könnte man gegebenenfalls eine Abfahrtsmöglichkeit finden, das würde mich aber völlig aus der Richtung bringen und mich vor allem einen Großteil meiner mühsam erkämpften Höhenmeter kosten. Das gilt zwar gleichermaßen für die linke Flanke, die mich auf den richtigen Weg bringen würde – und wenn mich nicht alles täuscht, so kann ich gut 200 m tiefer drüberhalb der Senke, in die ich hinab müsste, eine Spur ausmachen. Allerdings geht es nicht nur unangenehm steil in diese Senke hinunter, sondern die Flanke wird auch noch von einem Felsgürtel durchzogen. Am klügsten wäre es wohl, wenn ich auf meiner Aufstiegsroute bis zu der Almhütte, an der ich vor einer Stunde vorbeigekommen bin, abfahren und von dort aus den Weg in die Senke suchen würde. Aber nicht umsonst rankt sich um das „Klugsein" der Konjunktiv! Ich wähle den direkten Abstieg, versinke im hier tiefen und steilen Schnee teilweise bis zu den Hüften, muss über den Felsriegel relativ riskant abklettern, dann habe ich endlich den Boden der Senke erreicht. Inzwischen neigt sich der Tag bereits bedenklich dem Ende. Die vermutete Spur stellt sich als Einbildung heraus. Der bislang blaue Himmel hat sich hinter Wolken versteckt. Es fängt an, leicht zu schneien.

Es ist schon seit einiger Zeit dunkel, als ich endlich den dunklen Klotz der Hütte vor mir auf dem Sattel erkennen kann. Froh bin ich – und einigermaßen erschöpft. Aus den geschätzten 4 Stunden sind dank meiner sorglosen Umwege gut 6 geworden. Erleichtert stecke ich den AV-

Schlüssel[1]) ins Loch, der Schlüssel sperrt, jetzt fühle ich mich geborgen, werde ein Feuer in den Ofen zaubern, Schnee schmelzen, die Nudeln, die ich mit herauf geschleppt habe, kochen und mir eine gehörige Portion Schinkennudeln einverleiben!

Dieses Erschließen eines noch unbekannten Winterraums ist immer ein ganz besonderer, ein spannender Moment: Wie schaut der Ofen aus, was für einen Eindruck macht die Einrichtung, wie sind die Schlafmöglichkeiten angeordnet, was haben die Vorgänger möglicherweise an Nahrhaftem hinterlassen. Und dieser erste Überblick kann zu ungläubigem, euphorischem Staunen wie auch zu nicht minder ungläubigem Entsetzen Anlass geben. Ich habe mich kurz nach Silvester auf einer Karwendelhütte mit 3 Litern herrenlosen Rotweins „konfrontiert" gesehen und auf einer anderen Karwendelhütte meinen Tee aus einer aufgeschnittenen Bierbüchse trinken müssen, weil keinerlei Geschirr zu finden war. Ich bin wohlig vor wunderbar wärmenden Öfen gesessen und habe auf anderen mit Mühe einen Topf Schnee zu Wasser machen können, weil der Ofen primär Rauch statt Wärme produziert hat.

Was ich hier im Schein der Stirnlampe ausmachen kann, läßt weder in die eine noch in die andere Richtung Außergewöhnliches vermuten. Aber der Ofen macht auf den ersten Blick einen ganz brauchbaren Eindruck. Zunächst entledige ich mich aber des durchgeschwitzten Hemdes und hülle mich in die wärmende Daunenjacke. Einen rationiert dosierten Schluck aus der einen Bierflasche, die

---

[1]) Viele Alpenvereinshütten verfügen über einen sogenannten Winterraum, der mit einem beim Alpenverein erhältlichen AV-Schlüssel zugänglich ist

meinen Rucksack zwar zusätzlich beschwert hat, aber jetzt alle Mühen vergessen macht, dann widme ich mich der ebenso künstlerischen wie überlebensnotwendigen Aufgabe des Feuer Machens. Will mich widmen. Denn dazu bedarf es nicht nur eines Ofens – sondern auch entsprechenden Heizmaterials! In dem Schubwagen unter dem Ofen finde ich ein paar Spreißel, etwas Papier. Das Holz ist sicherlich im Vorraum gestapelt. Aber dort stapelt sich nichts. Vor mich hin schimpfend schlüpfe ich wieder in die bereits ausgezogenen Skischuhe. Dann muss der Holzverschlag ja wohl außerhalb irgendwo angeordnet sein! Es ist aber nichts angeordnet. Schließlich entdecke ich irgendwo eine Holzlatte, die nicht mehr so ganz festgefügt die Außenwand zusammenhält. Sie verhilft mir wenigstens zu einer lauwarmen Suppe. Aber den Abend hatte ich mir doch etwas gemütlicher vorgestellt!

Gegen 5 Uhr Früh hat die volle Blase den Kampf gegen die widerwillige Vorstellung, mich aus meinem warmen Deckenlager schälen zu müssen, gewonnen. Ich werde nicht nur durch die entsprechende Erleichterung, sondern auch durch eine grandiose, gespenstisch anmutende Stimmung entlohnt. Fahles Licht liegt auf den Schneehängen, der Himmel ist bis auf einen leichten Schleier klar, es ist nahezu windstill. Wohlig entleert und beruhigt krieche ich wieder unter meinen Deckenberg und schlafe noch eine Runde.

Nachdem es mir ja an Brennmaterial mangelt, beschließe ich gegen 8 Uhr mich ohne Frühstück auf den Weg ins Tal zu machen. Durch den Fensterladen, den ich erst gar nicht aufgemacht habe, kann ich zwar hören, dass sich in puncto Windstille etwas geändert hat, aber so schlimm wird es schon nicht sein.

Ich schnalle mir bereits im Vorraum die Ski an, um in geschützter Umgebung ohne Handschuhe agieren zu können. Als ich die Türe öffne und einen Schritt nach außen tue, hebt es mich beinahe aus der Bindung. Ein orkanartiger Schneesturm fegt über den Sattel und wie Peitschenstränge schießen förmlich Vorhänge aus Weiß über meine Hütte hinweg. Mit dem Sturm würde ich mich eventuell noch anlegen, aber was mich ohne langes Überlegen in die Hütte zurücktreibt, ist der Umstand, dass ich nicht einmal 20 m Sicht habe. Das ist mir dann doch zu abenteuerlich. Schließlich habe ich ja nicht einmal gestern beim nächtlichen Aufstieg einen rechten Eindruck von dem Terrain, auf dem ich jetzt abfahren sollte, bekommen. Wenn ich mich jetzt wenigstens gemütlich um einen wärmenden Ofen gruppieren könnte, dann könnte man ja einigermaßen gelassen auf eine Wetterbesserung hin warten. Aber so gelingt es mir nur mit Mühe, mit in einer Ecke entdeckten Pappendeckeln und ein paar Schindeln ein wenig Schnee zu schmelzen. Das eiskalte Brot, der sonst so geliebte Allgäuer Bergkäse, der Riegel Wurst, sie alle können mich nicht reizen. Ich verkrieche mich wieder unter meine Decken und lasse nur die eine Kerze, die ich noch habe, brennen, um wenigstens ein wenig Wärme vorzugauckeln. Nun ja, bis Mittag wird sich das schon bessern!

Aber es bessert sich nicht bis Mittag, es bessert sich nicht bis Nachmittag und sogar um 16:30 Uhr hätte ich noch in Kauf genommen, den letzten Teil der Abfahrt im Dunkeln zu bewältigen – doch der Sturm nimmt eher noch zu. Zwei Dinge beunruhigen mich: Erstens ist da ja nicht nur der Sturm, sondern auch noch der Schneefall und damit die zunehmende Lawinengefahr. Ich habe nun schon ein paar Mal die Karte studiert, wo ich denn da am ehesten eine Chance haben würde, bei der Abfahrt nicht von einem Schneebrett mitgenommen zu werden. Dort, wo ich herauf gekommen war, brauche ich gar nicht darauf zu hoffen, unbeschadet auf meinen zwei Skiern ins Tal zu gelangen. Ich würde mich von der Hütte zunächst mehr oder weniger horizontal nach Osten orientieren müssen, um dort einen Rücken zu erreichen, auf dem ich relativ sicher sein würde. Allerdings diese Horizontalquerung würde mich durch Hänge führen, von denen ich nur hoffen konnte, dass sie mir durch Felsvorsprünge oder Latschenkuppen wenigstens ab und zu Schutzpunkte liefern würden, die man mit ein paar schnellen Schritten oder einer kurzen, direkten Abfahrt ansteuern konnte. Das alles aber setzt ausreichende Sicht voraus, und da ist vorerst keine Wende zum Besseren zu erkennen.

Das zweite, was mich beunruhigt, ist die höchstwahrscheinliche Beunruhigung meiner Frau, die mich bis abends wieder in München zurück erwartet. Ja, so ein Handy – wiewohl von mir so oft geschmäht und verlacht – wäre jetzt in der Tat ein wertvoller Bestandteil der Ausrüstung! Ein letzter prüfender Blick aus der Türe in die schneegepeitschte Dunkelheit – dann füge ich mich in die zweite Nacht meines ungastlichen Winterraums.

Der nächste Morgen hat keinerlei gute Nachrichten für mich. Das Schneegebrodel hat sich weder in Heftigkeit noch in Konsistenz zum Besseren verändert. Es dauert bis 10:30 Uhr, bis ich endlich dürftige Sicht auf die Felsstrukturen in dem Hang habe, den ich queren muss, um den rettenden Gratrücken zu erreichen. Ich springe sofort in die Bindung und mache mich an die Querung. Der Sturm peitscht mir wie mit Nadeln ins Gesicht, das Atmen fällt schwer. In diesem ersten Bereich hat der Wind den Hang beinahe aper geblasen, aber je mehr ich in die Wind abgewandte Flanke quere, bin ich gezwungen, Rinnen zu kreuzen, die voll gefüllt mit lockerem, tiefem Schnee sind. Das kostet jedesmal eine gehörige Portion an Überwindung, mit ein paar schnellen, abwärts gerichteten Schritten das andere Ufer zu erreichen. Schließlich stehe ich glücklich auf dem Gratrücken, den ich nur aus der Karte kenne, aber er entspricht weitgehend dem, was ich dort herausgelesen habe. Ich kann endlich Skifahren, komme merklich tiefer und erreiche erleichtert die Waldgrenze. Im Überschwang fahre ich zu weit ab, muss mühsame Höhenmeter wieder hinauf, dann versagen plötzlich die Felle ihren Dienst, ich muss mich die restlichen Passagen zu Fuß durch den tiefen Schnee hinaufwühlen. Es ist schon längst wieder finster, als ich das erste Haus erreiche und den Bewohner bitten kann, mich sein Telefon benützen zu lassen, um meine liebe Frau wissen zu lassen, dass es mich immer noch gibt.

Ganz spurlos kann das Unternehmen nicht an mir vorüber gegangen sein, denn der gute Mann ist rührend um mich bemüht.

Inzwischen haben mich meine Kinder mit einem Handy ausgerüstet. Leider muss ich immer wieder konstatieren, dass das keine automatische Lebensversicherung ist. Gut die Hälfte der Zeit sucht das kleine Ding vergeblich nach einem Netz – und Kälte verträgt es noch weniger als sein bejahrter Besitzer.

Der Wunderheiler

Sie wollte unbedingt an und nach Möglichkeit in den Grand Canyon, meine Frau. Das konnte ich mir durchaus auch als Urlaubsziel vorstellen, aber nicht mitten in der Haupturlaubszeit. Frauen mögen ja im Schnitt tatsächlich das schwächere Geschlecht sein, in puncto Ausdauer und Zermürbungstaktik sind sie den Männern aber haushoch überlegen. Und so stellen wir uns Ende August am Frankfurter Flughafen ans Ende der Schlange, die für den Flug nach San Francisco eincheckt. Wir streiten uns noch heute, ob es meine weltmännische Erscheinung oder ihre Schönheit waren: Jedenfalls tritt ein Uniformierter auf uns zu und bittet uns, ihn an den Schalter für die Privilegierten der business class zu begleiten. Nach dem Begrüßungs-Champagner bade ich förmlich in ausgezeichnetem kalifornischem Chardonnay. Und nachdem unser Vogel Startprobleme hat, werden wir abseits vom Plebs zum Mittagessen gebeten, schließlich in einem Luxushotel für die Nacht einquartiert. Der morgendliche – problemlose – Start wird selbstverständlich standesgemäß mit Champagner zelebriert!

In San Francisco übernehmen wir unerwartet unkompliziert das bereits von zuhause angemietete Wohnmobil. Kompliziert daran ist allenfalls die ungewohnte Automatic. Der Grand Canyon ist natürlich das erklärte Ziel. Aber das bedeutet ja nicht, dass man unmittelbar daraufhin den Kompass ausrichten muss. Wir wollen zunächst gemütlich die Westküste Richtung Süden hinunterzuckeln, dann – Zugeständnis an den kletternden Ehemann – den Yosemite National Park ansteuern. Auf Las Vegas könnte ich gerne verzichten – meine Begleiterin nicht. Und so stehen wir nach einer prachtvollen Mondnacht in der Mojave-Wüste auf einem unglaublich billigen RV-Platz in dieser bizarren Stadt. Selbst die Super-Luxus-Hotels kosten soviel wie nichts – das bringt man offensichtlich alles über die hauseigenen Spielautomaten wieder herein. Um es kurz zu machen: ich habe noch nie etwas nur annähernd ähnlich Perverses auf diesem Planeten zu Gesicht bekommen!

Schließlich stehen wir aber tatsächlich staunend am Rand des großen Grabens. Was mich nicht erstaunt, sind die Massen der mit uns Staunenden. Ich erhoffe mir aber verhältnismäßig baldige Ruhe, sobald wir uns auf den Weg nach unten machen werden. Davor hat die Canyon-Verwaltung aber den Erwerb eines Trail Permits gesetzt und das will man uns nicht geben. Pro Tag werde nur ein bestimmtes Kontingent ausgegeben und das sei leider erschöpft, erklärt man uns. Auf mein sichtlich enttäuschtes Geschau hin erklärt mir die Rangerin aber, dass wir uns auf eine Warteliste setzen lassen könnten und mit etwas Glück morgen früh um 8 Uhr doch noch in den Besitz eines solchen kommen könnten.

Wenig außerhalb des Parks finden wir einen großzügig angelegten und mit 10$ erfreulich billigen Campingplatz, der überdies den Vorteil hat, dass er nur mäßig frequentiert ist – das Gros der Besucher campiert wesentlich teurer innerhalb der Parkgrenzen.

Zur angegebenen Zeit finden wir uns am Back-Country Office ein. Wir erhalten mit unserem Permit viele gute Ratschläge und die Aufforderung mindestens 4 Liter Wasser mitzunehmen, was ich wider besseres Wissen sogar tue, mit dem Resultat, dass ich am Grund des Canyons 2 Liter hätte verkaufen können. Meine Frage, ob ich auch ersatzweise Bier mitnehmen könne, wird mit einem streng-sauren Lächeln quittiert. Der „Kaibab South Trail" ist recht unterhaltsam, anfangs werden wir noch von Tagesausflüglern mit Wasserkanistern unterm Arm flankiert, dann ab der Hälfte sind wir weitgehend allein, sehen nur gelegentlich einige der wenigen Mitaspiranten für eine romantische Nacht in der Tiefe des Canyons.

Der kleine Campground am Grund ist recht passabel. Abends hören wir uns noch ungewollt den Sicherheitspsalm einer Mitarbeiterin der Ranger-Station an. Der wesentlichste Hinweis ist der auf Schlangen, weswegen wir unsere Isomatten auf den Tischen ausbreiten, denn das Zelt habe ich gar nicht mitgeschleppt. Es wird ein herrliches monderleuchtetes Schlaferlebnis!

Um 1:30 Uhr halte ich es nicht länger aus und nachdem ich merke dass mein Abenteuer-Weib auch schon wach ist, mache ich einen Topf Tee und kurz nach 2 Uhr sind wir auf dem Trail. Wir wählen den „Bright Angel Trail" für den Rückweg, der uns zunächst eine ganze Weile am Colorado entlang führt. Nachdem man bei Nacht nicht sieht, wie dreckig das Wasser ist, ist das sogar ganz eindrucksvoll. Als es dann endlich vom Fluß weg in Richtung Rim – also den oberen Rand – geht, bewegt man sich zwischen bizarren Schluchtwänden an einem dürftigen Rinnsal entlang. Die Stirnlampe muss ich nur ganz selten zu Hilfe nehmen, der volle Mond überflutet die Szenerie mit seinem kalten Licht und lässt der Karl May Phantasie alle Möglichkeiten offen. Eine Grand Canyon Eule inspiriert mich zu einem bescheidenen Flötenkonzert – ganz weit aus einem Winkel kommt der Klang zurück und der Mond spielt seine Beleuchterrolle immer noch mit Hingabe. Eine Stunde oberhalb von „Indians Garden" wird es hell und dann zieht es sich noch ganz schön hin, bis wir die knapp 1500 Höhenmeter bis zum Canyon-Rand hinter uns gebracht haben.

Als ich endlich wieder unser fahrbares Wohnzimmer eingefangen habe, muss ich eine unangenehme Entdeckung machen: Die automatische Schaltung funktioniert nicht mehr. Wir können uns nur noch mit heulendem Motor im 1. Gang fortbewegen. Nach 40 Meilen finde ich endlich eine Telefonzelle und etwas entfernt sogar ein paar schäbige Blechhütten, über denen ein Schild prangt, das dieselben als eine Autoreparaturwerkstätte ausweist. Zunächst versuche ich aber, von der Telefonzelle aus die Autovermietung zu erreichen. Leider ohne Erfolg, anscheinend haben andere auch ihre Probleme. Es ist permanent belegt. Also steuere ich doch die Blechhütten an. Der Betreiber der „Repair Station" ist dem Aussehen nach indianischer Abstammung. Wenig später komme ich allerdings zu der Überzeugung, dass er außerdem im Nebenberuf Medizinmann ist. Als ich ihm mein Problem schildere, legt er für eine Weile mit konzentriert abgeklärter Miene eine Hand auf die Kühlerhaube. Dann sagt er, jetzt sei alles in Ordnung. Ich bin so perplex, dass ich ihm das tatsächlich glaube. Und ich kann mich des Eindrucks nicht erwehren – er glaubt es auch. Eine kurze Probefahrt holt mich wieder in die Realität zurück. Erst jetzt schaut er unter die Motorhaube, fasst da hin und dort hin und murmelt dabei unverständliche Beschwörungsformeln. Dann lässt er mich zum zweiten Mal – und wiederum ohne jeden Selbstzweifel – wissen, dass jetzt das Problem behoben sei. Um das erfolgreiche Ende der Reparatur zu unterstreichen, verlangt er 20 $.

Natürlich ist überhaupt nichts behoben. Also versuche ich es noch einmal in der Telefonzelle, dieses Mal mit Erfolg. Ob ich es noch einmal 60 Meilen bis Flagstaff schaffe, werde ich gefragt. Was bleibt mir anderes übrig! Man wolle die dortige Werkstatt informieren, so dass wir bei Ankunft sogleich bedient würden. Also jaulen wir weitere 3 Stunden in die angegebene Richtung.

Wenigstens stimmt das mit der Vorinformation. Man erwartet uns bereits. Ein freundlicher Mechaniker nimmt sich unser an. Wie uns denn der Grand Canyon gefallen habe? Wie uns denn Amerika im Allgemeinen gefalle? Wie wir denn – abgesehen von dem momentanen Dilemma – mit dem Auto zufrieden gewesen seien? Anfangs gebe ich noch bereitwillig Auskunft, wir schildern begeistert unseren nächtlichen Aufstieg aus dem Canyon, erzählen, dass wir ja schon einmal eine Weile in Canada gelebt hätten ... Irgendwann aber wird mir doch mulmig. Zwar hat der Mann die Motorhaube geöffnet und kurz einmal mit dem Schraubenzieher herumgestochert, aber ansonsten scheint ihn unser Gefährt nicht sonderlich zu interessieren. Nach einer halben Stunde – ich habe mir selbst gerade noch 5 Minuten gegeben, ehe ich ausfällig werde – sagt er „so, jetzt machen wir einmal eine Probefahrt". Das ist ja nicht zu fassen, jetzt glaubt der mir nicht einmal, was ich ihm geschildert habe, palavert hier mit mir herum, anstatt sich dann wenigstens gleich zu Anfang selbst davon zu überzeugen! Ich bin wütend. Und nach wenigen Metern nur noch beschämt: Die Automatik schaltet, als wäre nie etwas gewesen. Ich weiß gar nicht, was ich sagen soll. Aber aus der Miene des Mechanikers kann ich auch nicht schließen, dass er der Meinung sei: der Deutsche spinnt, dem Auto fehlt doch gar nichts.

158

Nein, im Gegenteil, sein Grinsen verrät den Stolz des Problem-Behebers! Wunderheiler Nummer zwei?! Nur dieses Mal mit erfolgreicher Beschwörungsformel?

Schließlich klärt er mich auf: Der für die Automatik zuständige Computer sei gehangen und mit dem Schraubenzieher habe er denselben neu gestartet. Warum wir dann die Probefahrt nicht schon vor einer halben Stunde gemacht hätten? „Well, you see my friend, then I would be out of my job". Er reicht mir die Rechte, klopft mir mit der Linken auf die Schulter und wünscht uns noch eine gute Reise.

Licht am Ende des Tunnels

Unterstützt von Sohn, Tochter und Fast-Schwiegersohn hatte ich beinahe 2 Wochen um mein Haus herum gebuddelt. Um genau zu sein, an der Nordseite, die zur Straße hinauf eine Schräge von etwa 20° aufweist und an der Westseite, wo nach 3 Metern die Gebäudlichkeiten des Nachbars beginnen.

Nach starkem Regen konnte man schon immer feuchte Stellen im Heizungskeller ausmachen, aber seit einiger Zeit hatte sich die Feuchtigkeit bis in den eigentlichen Kellerraum hinein breit gemacht. Meine im Dorf ansässigen Bauexperten tippten auf eine defekte oder von Anbeginn an falsch gelegte Drainage. Das bedeutete nüchtern betrachtet, zumindest die Nordseite 2.50m tief aufzugraben. Ich scheue im Allgemeinen körperliche Arbeit nicht, aber das schien mir meinem Alter nicht mehr angemessen. Der Fast-Schwiegersohn brachte einen Bagger ins Gespräch. So etwas könne man sich leihen und die Bedienung sei gar nicht schwierig, er hätte damit schon bei seinen Eltern Erfahrungen gesammelt.

Also ließ ich mir einen Bagger bringen. Und tatsächlich, ich war erstaunt, wie schnell man sich damit nicht nur vertraut machen konnte, sondern wie verliebt man in ein solches Gerät in kürzester Zeit werden konnte – meinen Nachbarn hätte ich beinahe nicht mehr vom Bock herunter bekommen. Das Problem war die Hangschräge und so blieb noch jede Menge Handarbeit zu leisten. Nur der Vollständigkeit halber sei erwähnt, dass uns, als wir endlich das Drainage-Niveau erreicht hatten, das Wasser förmlich aus dem Hang entgegen sprudelte und wir schließlich einem Wasserrohrbruch auf die Schliche kamen.

Jedenfalls war ich einigermaßen groggy, bis alles wieder verfüllt war und von außen her so aussah, als ob man hier auch wohnen könne. Mit anderen Worten: Einen erholsamen Urlaub hatten wir uns beide verdient, schließlich hatte die Hausfrau auch ihre Mühe, die Arbeitenden bei Kräften und bei Laune zu halten

Es war schon Ende September, aber herrliches Altweibersommer-Wetter, als wir uns auf den Weg Richtung Kroatien machten. Um flexibel zu sein, hatte ich das Zelt eingepackt, aber wenn wir über eine ansprechende Ferienwohnung an einer reizvollen Bucht stolpern sollten, so wollte ich uns durchaus ein bisschen Luxus gönnen. – Um es vorwegzunehmen, wir haben ganze 3 Tage ein Apartment als Standquartier bezogen, aber gegen die Ungebundenheit des Zeltlerlebens möchte ich das für längere Zeit nicht tauschen. Auch wenn zugegebenermaßen die alten Knochen nicht mehr ganz so behende den ebenerdigen Eingang eines Kuppelzeltes nach innen oder außen passieren! Da ist dann der Campingbus doch die altersgemäße Alternative.

Wir genossen die Sonne und die Ruhe der Nach-Urlaubszeit, den Wein und Begegnungen mit netten Menschen. Und wir schwelgten in Erinnerungen. Denn das war unser erster – noch unverheirateter – Urlaub in solche für mich ohnehin noch unbekannte Regionen gewesen, Meer, Übernachten in Hotelzimmern, Zurechtfinden in einem fremden Sprach- und Kulturbereich. Ein Semesterkollege von mir war damals schon früher Besitzer eines VW-Käfers gewesen und zusammen mit seiner Freundin hatten wir uns kurz vor Beginn des Wintersemesters zu der abenteuerlichen Reise nach Jugoslawien aufgemacht. Und das ist nicht nur so dahin gesagt. Wo heute der Karawankentunnel einen bequemen wenn auch bezahlungsbedürftigen Übertritt von Österreich nach Slowenien ermöglicht, waren die nächtlichen 18% Steigung auf der Schotterpiste über den Wurzenpass nicht unbedingt für norddeutsche Nerven geeignet, weshalb mir mein Freund auch gerne den Fahrersitz überließ. Und wo heute ein geräumiger Kombi kaum in der Lage ist, das Gepäck für zwei Personen aufzunehmen, fühlten wir uns zu viert nicht einmal eingeengt, sondern unheimlich privilegiert. Auch die Küstenstraßen zwischen Rijeka und Split waren damals teils noch in abenteuerlichem Zustand bzw. überhaupt erst im Bau.

Letztlich waren wir damals dann auf der langgestreckten Insel Hvar gelandet, hatten dort in einem kleinen, strahlend weiß getünchten Hotel direkt über dem flaschengrünen Wasser Quartier bezogen, hatten auf der prachtvollen Piazza Eis gegessen und einsame Buchten erwandert. Alles für mich 23-jährigen völlig neue Welten, über die heutzutage Grundschüler nur die Nase rümpfen.

Nachdem wir uns die jetzt tadellose Küstenstraße bis hinunter nach Dubrovnik geschlängelt haben, wollen wir zum Abschluss diesen verliebten Tagen von vor 40 Jahren noch einmal Tribut zollen. Von Dvernik aus gibt es eine wesentlich kürzere Fährverbindung nach Hvar als von Split aus. Bis zur angegebenen Abfahrtszeit ist es noch eine ganze Weile hin und so koche ich uns auf dem Camping-Kocher noch eine solide Unterlage für die Überfahrt. Während meiner Kochtätigkeit beobachte ich jedoch einen regen Fährverkehr und als wir gespeist haben, reihe ich mich vorsichtshalber auch in die Warteschlange ein. Kurz darauf werden wir bereits zur Auffahrt aufgefordert und die Fähre legt unverzüglich ab, obwohl es zur fahrplanmäßigen Abfahrt noch gut eine halbe Stunde hin wäre. Ein Fährmatrose erklärt mir, dass am Wochenende ein Motorradler-Treff mit ca. 2000 Teilnehmern über Hvar hergefallen sei und die müssten sie halt jetzt alle wieder zurückbringen, weshalb sie Extra-Schichten eingelegt hätten. Was bin ich froh, dass wir nicht schon am Wochenende auf Hvar waren!

Die Straßen sind sehr kurvig und holprig auf der Insel, das Vorwärtskommen entsprechend langsam. Außerdem sind unsere Versuche, ein Plätzchen an der Südküste für unser Zelt zu finden, nicht erfolgreich. Aus der Karte lese ich heraus, dass hinter Pitve ein Tunnel auf die Südseite führt und dahin weise ich also meinem Auto den Weg.

Der Tunnel erstaunt mich dann doch: Ein weitgehend quadratisches Profil von ca. 2 m, ohne Beleuchtung oder Ampel, man schaut am einen Ende hinein, ob vom anderen Ende her die Lichter eines Gegenverkehrs zu erkennen sind und entscheidet sich je nachdem zur Einfahrt oder zum Warten. Wie ich später in Erfahrung bringe, war das ganze vom Militär und ursprünglich als Wasserstollen konzipiert gewesen. Nach 1.5 km, wenn man wieder von Tageslicht verwöhnt wird, befindet man sich hoch über Zavala und ohne eine Möglichkeit auf andere Weise die Küstenregion wieder zu verlassen. Bei Ivan Dolac finden wir einen nahezu verwaisten Campingplatz und können uns das schönste Plätzchen – 3 m über einer kleinen von Felsen eingerahmten Kiesbucht – aussuchen.

Die Straße führt noch ein paar Kilometer weiter bis Nach Sv. Nedjelja, wo sich außer einer Kelterei nur noch wenige Häuser um die Kirche mit ihrem Spitzturm scharen, als rückwärtige Kulisse eindrucksvolle rote Felswände. Die Karte bietet danach nur noch eine gepunktete Verbindung bis zum Ort Hvar. Man warnt mich zwar, dass die nächsten 5 km keinesfalls für eine Radtour geeignet seien, aber der Anfang des Weges scheint durchaus befahrbar, der strahlend blaue Himmel und das Gleißen auf dem Meer beflügeln meine Abenteuerlust und so überlasse ich die Warnungen dem leichten Wind, der mich mit dem Duft der üppigen Vegetation umweht und lasse meine Frau, die mich bis hierher begleitet hat, allein zurück. Ein wunderschönes Wegerl wird mir da geboten, mit kühnen Felswänden in Rot und Grau über mir, eingebetteten Weinbergen und einem unglaublichen Blick über das tiefblaue Meer, einmal hoch über dem Wasser, dann wieder hinunterleitend bis in eine kleine grüne Bucht – und das ganze in absoluter Einsamkeit. Aber mein Rad muss ich tatsächlich die meiste Zeit tragen, da sind einmal 30 m zu fahren, dort 20 und dann wird das Steigerl wieder zu felsig, zu steil, zu schotterig.

Genau 2 Stunden bin ich so unterwegs, bis ich in Dubovica, das Ende meiner Tour, erreiche: Eine herrliche Bucht, die von einem auf einen Felsen gebauten, herrschaftlichen Haus dominiert wird. Nein, das sei kein Restaurant, meint der Herr Baron und er bedankt sich höflich für mein begeistertes Kompliment an seine Bleibe.

Weiter oberhalb verläuft wieder eine reguläre Straße und ihr vertraue ich mich an, denn noch einmal 2 Stunden Rad schleppen – darauf habe ich wahrlich keine Lust mehr. In einem großen (beleuchteten) Straßentunnel durchquere ich das Gebirge, dann lasse ich es im 50 km-Tempo nach Starigrad hinunter laufen, auf Seitenstraßen finde ich hinüber nach Pitve und wieder hinauf zum Eingang des Wasserstollen-Tunnels, der mich zurück zu meiner Frau und meinem Zelt bringen soll. Ganz wohl ist mir nicht bei dem Gedanken, in dieses lange dunkle Loch hineinzufahren. Wirklich mulmig wird mir aber erst, als ich feststelle, dass mein Licht nicht funktioniert. Ohne Beleuchtung und als einzigen Anhaltspunkt ein 2x2m Lichtprofil in 1.5 km Entfernung – aber was bleibt mir anderes übrig?

Anfangs – mit dem Außenlicht im Rücken – fahre ich noch ganz frohgemut hinein in das immer drastischer werdende Dunkel, bald aber werde ich unsicher, wackle mit der Lenkung hin und her, ertaste schon einmal die Tunnelwand mit dem Fuß. Nach etwa der Hälfte fühle ich mich wieder sicherer, traue mich wieder etwas kräftiger in die Pedale zu treten – da reißt es mich vom Rad, als hätte mir in der Dunkelheit jemand mit einer Keule aufgelauert. Während ich mich mühsam in der Finsternis aufrapple, sehe ich, dass von dort, wo ich eingefahren bin, Scheinwerfer auf mich zukommen. Hastig lese ich mein Fahrrad auf und mache winkend auf mich aufmerksam. Im Autolicht entdecke ich, dass es mir die beiden Radtaschen bei meinem Sturz heruntergerissen hat und dann finde ich auch die Erklärung für meine Karambolage: An dieser Stelle gibt es eine der wenigen Ausweichstellen. Ich war dort offenbar instinktiv dem Profil folgend zu weit nach rechts gekommen und am Ende der Ausbuchtung gegen die Tunnelwand gefahren. Der Mittelfinger der rechten Hand ist ziemlich lädiert, die Schulter tut weh, aber das meiste habe ich mit dem Kopf abgefangen – und auf dem hatte ich glücklicherweise einen Helm!

Mit dem Autolicht im Rücken zittere ich mich hinaus ins Tageslicht, aber die anschließende rasante Abfahrt gehe ich – doch ein wenig geschockt – merklich vorsichtiger an. Mit einem Bad im salzigen Meerwasser hoffe ich meine Blessuren ausreichend auszuwaschen und anschließend widme ich mich ausgiebig der innerlichen Desinfektion!

Anderntags bringt mich der ausgenüchterte Blick auf meinen Mittelfinger doch zu der Einsicht, dass vielleicht ein ärztlicher Blick darauf nicht schaden könnte. So durchqueren wir den Tunnel – dieses Mal mit dem Auto – bis in die nächste größere Ortschaft. Eine junge hübsche Ärztin, die außerdem ausgezeichnet deutsch spricht, nimmt sich meiner an.

Ein Tipp an die Krankenkassen: Eine junge hübsche Ärztin ist durchaus in der Lage, eine Vollnarkose einzusparen. Ich habe weder den Stich der Tetanusspritze noch die Säuberung meines Fingers noch das Entfernen der Hautfetzen gespürt!

166

Nächtliche Überraschung

Wir waren auf dem Heimweg von unserem Abenteuer-Urlaub Griechenland. Wenn man heute von „Abenteuer-Urlaub" spricht, so handelt es sich in aller Regel um einen gebuchten solchen. Gebucht mit Vollpension, vollgetanktem und von einem ausgebildeten Ralleyfahrer chauffierten vierradangetriebenen Landrover und garantiertem Anblick eines an Touristen ausgebildeten Bären, Löwen oder Walfischs. Unser Abenteuer-Urlaub bestand in der verliebten, bislang kaum strapazierten Zweisamkeit, in dem ganz auf sich selbst gestellten Zurechtfinden in einem uns fremden Land einer uns fremden Sprache und einem fahrbaren Untersatz, dem manche wohlmeinende Freundesdiagnose hinter vorgehaltener Hand ein gar kurzes Leben prognostiziert hatte. Wir bzw. unser solchermaßen geschmähtes Vehikel hatten die lange Reise durch Jugoslawien unbeschadet überstanden, wir waren zur abendlichen Attraktion eines ganzen Fischerdorfes geworden, als wir unser Zelt an einem vermeintlich unbeobachteten Versteck aufgeschlagen hatten und am Lake Loutraki, wo vermutlich im Umkreis von 10 km kein bewohntes Haus zu finden war, hatte ich, als ich auf meiner Luftmatratze im Freien liegend die Augen aufschlug, in die Mündung eines Gewehrs und das bärtig-verwegene Gesicht seines Trägers geblickt. Eines – wie sich schnell herausstellte – außerordentlich freundlichen Menschen, den, seinen Gesten nach zu schließen, hauptsächlich interessierte, ob wir verheiratet seien und wie viele Kinder wir hätten. In solchen Momenten verfluche ich immer den babylonischen Sprachenwirrwarr – ich hätte mich, nach dem zugegebenermaßen ersten vehementen Erschrecken – so gerne mit diesem unerwarteten morgendlichen Besuch unterhalten!

Es war einer der schönsten Urlaube meines Lebens. Alles war neu, von der Zweisamkeit mit einem geliebten weiblichen Wesen über das Fahren mit einem eigenen Automobil bis hin zur Ferne und Fremde dieses landschaftlich so reizvollen Landes. Aber diesen Morgen zeigte sich der Parnitha unmittelbar hinter Athen mit seinen mageren 1400m in Weiß und die Nächte wurden in der Tat einigermaßen frisch. Es war schließlich Anfang Dezember! So machten wir uns, wenn auch wehmütig, auf den langen Weg zurück nach Norden, zurück durch Jugoslawien, dann Österreich und schließlich zum Grenzübergang bei Salzburg, der uns wieder heim nach München bringen würde.

Es war kurz nach Skopje, dass am Armaturenbrett das erstemal ein rotes Licht aufflackerte. Wenn ich das Symbol richtig deutete, war das eine Batterie. Den Tankwart, den ich um eine Expertise bat, interpretierte ich so, dass an der Lichtmaschine irgendetwas nicht in Ordnung sei. Es war außerdem Sonntag. In Belgrad wurde meine Hoffnung auf eine auch sonntags geöffnete Reparaturwerkstätte zumindest dahingehend enttäuscht, als man ein solches Ersatzteil nicht auf Lager habe und es eine Weile dauern könne, bis ein solches nach Belgrad gelange. Man gab mir ziemlich unverblümt zu verstehen, dass ich am besten fahren würde, wenn ich noch die österreichische Grenze hinter mich brächte. Allerdings – es ging schon deutlich auf den Abend zu – sollte ich nach Möglichkeit kein Licht einschalten, denn wenn die Lichtmaschine nicht arbeite, würde mir Scheinwerferlicht das letzte Watt aus der Batterie zutzeln.

Das war ein ziemlich abstruser Ratschlag. Das Tageslicht begann sich bereits allmählich zu verabschieden. Jedenfalls vergeudeten wir keine weitere Zeit und fädelten auf die „Autoput" Richtung Zagreb ein. Bis über die Dämmerung hinaus, solange ich nur noch irgendwie die Fahrbahn vor mir erahnen konnte, fuhr ich ohne Licht. Als es wirklich nicht mehr anders ging, schaltete ich das Standlicht ein, reduzierte das Tempo und im Zweifelsfalle tippte ich kurz das Abblendlicht an. Denn dass das keine ganz ungefährliche Fortbewegungsweise auf der jugoslawischen Autobahn war, wusste ich durchaus. Bei der Herfahrt, als wir ebenfalls noch bis in die Dunkelheit hinein gefahren waren, kam es nicht selten vor, dass urplötzlich ein unbeleuchteter Eselskarren im Scheinwerferlicht auftauchte. Wohlgemerkt: Auf der Autobahn!

Und ich hoffte. Ich hoffte auf ein Auto, das eine Geschwindigkeit fuhr, mit der mein 24 PS VW mithalten konnte. An den gedachte ich mich dann anzuhängen. Und tatsächlich tauchte, nachdem schon einiges mit mehr oder weniger Lichtgeschwindigkeit an mir vorbeigeschossen war, ein unauffälliger Wagen auf, der ziemlich genau 100 Km/h vorlegte. Da konnte ich gerade noch mithalten! Ich positionierte mich ca.10m hinter meinem Leitfahrzeug und schaltete nun das Licht komplett aus. Das funktionierte wunderbar und ich hoffte nur, dass mir mein unbewusster Helfer möglichst lang erhalten bliebe.

Wir waren schon nahezu eine Viertelstunde derart im Konvoi unterwegs, als plötzlich aus dem Fenster der Beifahrertür etwas rundes Rotes erschien. Auch ohne zu wissen, was Polizei auf Serbisch heißt, wusste ich, dass es die Polizei war! Man bedeutete mir, zu überholen und dann anzuhalten. Im Scheinwerferlicht des Polizeifahrzeugs wurden unsere Pässe kontrolliert, dann wandten sich die beiden meinem VW zu. Natürlich dachten sie, mein Licht sei kaputt und ich sah sie förmlich schon den Strafzettel wegen ungenügender Verkehrstüchtigkeit ausfüllen. Umso verblüffter waren sie, als ich mit einem Griff zum Schalter ganz reguläres Autolicht produzierte. Der durch seinen schwarzen Schnauzbart besonders beängstigend wirkende Fahrer des Polizeiwagens schien als erster zu begreifen: Ich wollte vermutlich Energie sparen. Das verstand man, denn vom Sparen verstanden die Jugoslawen allgemein etwas. Er grinste verschwörerisch, klopfte mir auf die Schulter und bedeutete mir dann aber leicht mit dem Finger drohend, dass ich doch lieber mit Licht fahren solle.

Das tat ich dann auch. Bei der nächsten Ausfahrt quartierten wir uns aber doch lieber in einem einfachen Gasthaus ein.

In Villach steuerte ich anderntags sofort eine VW-Werkstätte an. Nach einer knappen Stunde erhielten wir den ebenso überraschenden wie erfreulichen Bescheid, dass die Lichtmaschine einwandfrei arbeite und das Aufleuchten der Kontrolllampe von einem irregulären Kontakt herrühre.

Die Rettung

Hugo Greimer war nicht das, was man den geborenen Familienvater nennen würde. Nicht, dass er seine drei Kinder nicht gern gehabt hätte. Aber so, wie die idealen Väter, die ihm ab und an von seiner Frau als nachahmenswertes Beispiel vorgezeigt wurden, die z.b. mit väterlicher Inbrunst den Familienurlaub familiengerecht planen und auch absolvieren, würde er wohl nie werden.

Er startete – um beim Urlaub zu bleiben – am liebsten abends gegen 22 Uhr in der Hoffnung auf geringes Verkehrsaufkommen. Doch die Überlegung, dass die Wahrscheinlichkeit eines zumindest stundenweise intern ungestörten Fahrens um die Zeit zwischen Mitternacht und 5 Uhr morgens am größten war, spielte dabei eine mindestens ebenso gewichtige Rolle. Trotzdem blieb für ihn die Anreise immer eine enorme psychische Strapaze.

Den Gefahrenkulminationspunkt für seinen Kreislauf und den Familienfrieden stellte in der Regel bereits der Aufbruch dar. Wenn er – erschöpft zwar – aber doch einigermaßen stolz bei Ausnutzung des letzten Hohlraums die halbe Wohnungsausrüstung verstaut und – wenn auch unter gelinder Gewaltanwendung – die Heckklappe des Caravans geschlossen hatte, tauchte meist die Mutter noch mit einigen prall gefüllten Plastiktüten in der Hand und diversen Kulturbeuteln unterm Arm auf. Oder aber der Verbleib irgendeines „wesentlichen" Trums, dessen Wesentlichkeit von ihm natürlich spöttisch in Anführungszeichen gesetzt wurde, war unklar, befand es sich nun in der orangenen Tasche, die besonders raffiniert raumsparend verstaut worden war oder nicht oder etwa vielleicht überhaupt noch nicht...?

Es war aber nicht nur das gegenüber seiner Singlezeit zusätzliche vierfache Gepäck, das es in einem normalen PKW unterzubringen galt, die vierfachen Interessen, die unter einen, nach Möglichkeit seinen Hut zu bringen waren, die vierfachen Ratschläge, Kommentare und Missfallensäußerungen, die vor, während und nach dem Packen, Fahren, Rasten abgegeben wurden. Es war schon das Ziel und die Ausgestaltung eines solchen Familienurlaubs, das Hugo Greimer als heroisches Zugeständnis an die Familie empfand. Wobei er in puncto Ausgestaltung, was die Beherbergung seines Familientrosses betraf, hart wie Granit blieb: Hotel oder gar Pauschalreise konnten nicht einmal angedacht werden. Er war schließlich sein Leben lang mit dem Zelt unterwegs gewesen!

Natürlich ging es ans Meer. Greimer war ein leidenschaftlicher Naturfreund und neben den Bergen gehörte das Meer mit seinen unendlich vielen neu zu entdeckenden Küstenformen, seinem intensiven Farbenspiel und der Vielfalt seiner Stimmungen für ihn zu den faszinierendsten Landschaften. Nur nicht im August an einem der vom deutschen Urlauber leicht erreichbaren Südgestaden!

Die Nacht mit ihrer relativen Ruhe lag längst hinter der Familie Greimer. Man hatte Glück gehabt mit der Wartezeit an der jugoslawischen Grenze, mit der Fähre und war nun schon auf der Straße hoch über der gleißenden Wasserfläche, die nahezu 100 km auf dem Rücken der schmalen Insel von einem Ende zum anderen führt, um dann auf einer vorgelagerten kleineren Insel am Ziel-

172

punkt zu enden: Mali Losinj. Jetzt war auch der gestresste väterliche Chauffeur in euphorischer Stimmung und ließ diese sich selbst vom Gequengel der Kleinsten, die wieder einmal keinen Platz hatte, der es zu heiß war und die zum neunundsechzigsten Male wissen wollte, wie weit es noch sei, nicht nehmen. Eine Brotzeit an einem malerischen Fleckchen, wo der Blick weit über das Meer wandern konnte und ein erster Schluck vom herben roten Landwein ließen Greimer an seiner eigenen Einstellung zweifeln, seine Befürchtungen als hypochondrisch erscheinen und sein Stimmungsbarometer bis zum Anschlag steigen.

Umso erschütternder war der Wettersturz der Gefühle, als der Familienrat darüber zu beschließen hatte, in welche der drei verbliebenen Möglichkeiten auf dem überfüllten Campingplatz man sich schicken solle: ob in unmittelbarer Nachbarschaft eines sich in vollem Deutschtum gefallenden Rheinländerheeres bestehend aus 6 Karossen gleichen Kennzeichens und mit der Ausstattung eines Messestandes gehobener Kategorie aber noch in erahnbarer Nähe des türkis schimmernden Wassers. Oder in vergleichsweiser Abgeschiedenheit bei einem Abstand von nahezu 5 Metern zum Nachbarzelt, jedoch mehr im Landesinneren denn am Meer gelegen. Oder gleich neben den Toiletten, wo man sich bei gutem Willen der bereits ansässigen jugoslawischen Familienbündnisse hätte noch dazwischen zwängen können.

Greimers Frau verhinderte in solchen Situationen immer die sofortige Heimreise oder Schlimmeres, indem sie ihn mit unglaublicher Überzeugungskraft auf herrliche Stellplätze unter schattigen Pinien direkt am Meer hinwies, die sicher bald frei würden und dann tatsächlich jemanden ausfindig machte, der schon morgen, spätestens aber in drei Tagen, abreisen und seinen Platz räumen würde.

Schließlich stand ihr Zelt nach zweimaligem Umbau an einem wirklich passablen Plätzchen und die folgende Woche war Greimer auch zufrieden, ging zum Schnorcheln, erforschte die Umgebung im Allgemeinen und die Pinten um den Fischmarkt im besonderen und freute sich an der offensichtlichen Freude seiner Familienmitglieder. Als aber der morgendliche Spaziergang zum Fischmarkt zur Routine wurde und alle Flaschen unterschiedlichen Etiketts durchprobiert waren, wurde die Angelegenheit wieder zu dem, was es war, einem Campingurlaub auf einem Campingplatz zwischen Hunderten von campenden Campinganhängern.

Mitte der zweiten Woche hielt er es nicht mehr aus. Am späten Nachmittag bepackte er seinen Gummikajak mit Schlafsack, Angelzeug und Schnorchelausrüstung, etwas Proviant und einer Literflasche Roten, war jetzt wieder munter, voll Abenteuerlust und Tatendrang, verabschiedete sich mit ein bisschen schlechtem Gewissen, aber selig, von seiner Familie und versprach, am nächsten Tag wieder zurück zu sein.

Auf einer offensichtlich unbewohnten Insel, die ihm schon die ganze Zeit reizvoll ins Auge gestochen war, wollte er sein Einsamkeitsbedürfnis für eine Nacht befriedigen. Danach würde er für eine weitere Woche Campingurlaub auf einem Campingplatz psychisch gerüstet sein.

Die Sonne verschwand gerade hinter dem Horizont, als er die Insel erreichte. Nachdem er einen geeigneten Lande- und Lagerplatz gefunden hatte, ließ er sich noch bis zur vollständigen Dunkelheit von den Wellen schaukeln und versuchte sein Anglerglück. Weil er aber die meiste Zeit damit beschäftigt war, die verheddere Schnur zu entwirren, den am Seesack, Paddel oder einem Felsen verkrallten Haken zu retten oder die blockierte Trommel zu reparieren, hätten die Fische – sofern vorhanden – selbst bei gutem Willen kaum Gelegenheit gehabt, sich fangen zu lassen.

Das schmälerte aber das Abenteuerglück des Einsamen wenig. Ein Feuer prasselte inzwischen, der Magen war rundum zufrieden und bei einem Pfeifchen sowie einem gelegentlichen Schluck aus der Rotweinflasche gab er sich dem Freiluftfest bei Brandungsmusik und Funkenfeuerwerk hin. Als vom Feuer nur noch der Geruch in der Luft hing und die letzte Glut einen feinen Widerschein auf dem Felsen hinterließ, hinter dem er sein Nachtlager eingerichtet hatte, schaute er noch eine Weile in die Sterne hinauf, dann schlief er ein.

Der Knall eines Schusses riss ihn jäh aus seinen Träumen. Er lauschte angestrengt in die Nacht hinein, konnte aber nichts Außergewöhnliches vernehmen. Eigentlich erwartete er das auch gar nicht ernsthaft. Denn mit der leise plätschernden Untermalung der an die Felsen auflaufenden Dünung war es vorbei, es blies ein kräftiger böiger Wind und das, was da an die Felsen klatschte, war keine Dünung mehr, sondern ein ausgewachsenes Brecherstakkato. Vermutlich war der „Schuss" ein besonders knalliges Wellenexemplar gewesen. In seinem Traum war es auch nicht sehr friedlich zugegangen, erinnerte er sich – da wird dann beides gerade zusammengepasst haben.

Hatte er sich hinsichtlich des vermeintlichen Mordan-
schlages schnell gefasst, so beunruhigte ihn das Wetter
umso mehr. Der Wind hörte sich unangenehm an, Sterne
waren keine mehr zu sehen. Er hatte vor Jahren einmal
einen ähnlichen Wetterumschwung an einem jugoslawischen Campingplatz miterlebt und erinnerte sich lebhaft
an ausgerissene Zeltverankerungen und an das chaotische
Bild der zum Teil losgerissenen Boote, die selbst in der
geschützten Bucht auf meterhohen Wellen tanzten. Ein
Blick auf die Uhr zeigte ihm, dass es kurz vor 3 Uhr war.
Er schlüpfte aus dem Schlafsack und zog sein Boot vor-
sorglich höher bis nahe an seinen Lagerplatz herauf. Das
war alles, was er tun konnte und nach einer Weile schlief
er wieder ein.

Der Morgen präsentierte sich wenig freundlich. Der
Wind hatte eher an Stärke zugenommen und es war unverkennbar, dass ihn die Bora, der gefürchtete und unbe-
rechenbare Landwind Jugoslawiens überrascht hatte.
Wenigstens regnete es nicht.

An ein Einsetzen des Bootes an seiner Landungsstelle
war nicht zu denken, hohe Wellen schlugen gischtend
gegen die Felsen. Nach einem schnellen Frühstück und
einem Schluck Roten an Stelle des Kaffees machte er
sich auf die Suche nach einer einigermaßen geschützten
Bucht, die ihm ein ungefährdetes Ablegen ermöglichen
würde. Mehr als 500 Meter musste er an der zerfressenen
Felsküste entlang wandern, bis er einen gut 10 m tief in
die eigentliche Küstenlinie eingeschnittenen Schlund
entdeckte, in dem das Wasser relativ ruhig lag – nicht
zuletzt deswegen, weil offenbar alle Quallen der Umgebung sich in seinen Schutz geflüchtet hatten und eine
geschlossene gallertartige Oberfläche bildeten. Ein ekel-

hafter Anblick, aber das Boot würde sich hier zweifellos sicher wassern lassen.

Den Rückweg nahm er nicht entlang der mühsamen Felsküste, sondern hielt sich an das leichtest begehbare Gelände. Dabei entdeckte er plötzlich versteckt hinter knorrigen wilden Olivenbäumen ein Gebäude. Erstaunt ging er darauf zu. Es war ein kleines Haus, äußerlich nicht besonders anheimelnd, wie man sich vielleicht das Feriendomizil eines Individualisten vorgestellt hätte, aber auch nicht direkt verfallen und so, dass man den Eindruck hätte gewinnen können, dass es verlassen und aufgegeben sei.

Der spärliche Drahtgitterzaun dagegen war in ziemlich desolatem Zustand. Dort, wo einmal eine Gartentüre gewesen sein musste, befand sich jetzt einfach eine Lücke.

Also war die Insel doch nicht unbewohnt!

Greimer schaute zu dem Haus hin, suchte nach Anzeichen, dass in dem seitlich gelegenen Verschlag möglicherweise ein Hund untergebracht war und ging, als sich nichts rührte, auf die bei einer kleinen überdachten Veranda befindliche Tür zu. Ehe er die drei Stufen zu der Veranda hinaufstieg, rief er ein unsicheres „Hallo", um einem eventuellen Bewohner seine Anwesenheit kundzutun.

Keine Reaktion. Die Tür war, wie er vermutet hatte, verschlossen. Der Blick durch das einzige Fenster ließ wegen der Dunkelheit nicht viel erkennen. Im Hintergrund stand eine Tür zu einem weiteren Raum halboffen, er machte einen kleinen Herd und einen seitlich angeordneten billigen Schrank aus, linker Hand befand sich ein Tisch, ein Stuhl, der seltsamerweise umgestürzt war –

und dann entdeckte er den Schuh, in dem ein sockenloser, weißer Fuß steckte. Recht viel mehr konnte er aus diesem Blickwinkel nicht erkennen. Doch stellte er fest, dass in die Nordseite noch ein Fenster eingelassen war, das allerdings durch eine Jalousie oder einen Fensterladen verschlossen war.

Unwillkürlich hatte Greimer nach seiner Entdeckung eine geduckte Stellung eingenommen, als erwarte er jeden Moment einen Angriff. Lange und prüfend schaute er in den halbverwilderten Garten, spähte dann vorsichtig um die Ecke zu dem Verschlag, in dem er einen Hund vermutet hatte – und fuhr wie elektrisiert zusammen. Jetzt sah er den Hund oder vielmehr gerade noch die gefletschten Zähne in der Schnauze eines beachtlichen schwarzen Köters. Eines offensichtlich toten Köters.

Greimers Pulsschlag hatte sich verdoppelt, jedes Geräusch traf ihn wie aus einem Verstärker. Mit angehaltenem Atem suchte er das Reißen des Windes unter dem Dach von verdächtigen Geräuschen zu trennen. Nach einer Weile hatte er sich etwas beruhigt und er schien sich sicher, dass er allein war. Er pirschte auf die andere Seite des Hauses und versuchte den Fensterladen zu öffnen, was auch ohne Schwierigkeiten gelang. Das Gesicht des Mannes war nicht nur von Angst und Todespein entstellt, sondern zeigte auch Spuren von körperlicher Misshandlung. Das schäbige weiße Hemd war auf der Brust rot gefärbt.

Greimer begab sich vorsichtig aus der Deckung des Hauses und als er den Baum- und Buschbestand hinter sich gelassen hatte, hastete er in die vermutete Richtung seines Lagerplatzes, wobei er gelegentlich stehen blieb und prüfend zurückschaute. Er war überrascht, als er nach dem nächsten Felsabsatz direkt vor seinen Habseligkeiten stand. Der Schuss! Er hatte ihn doch nicht geträumt.

Hastig rollte er seinen Schlafsack zusammen, verstaute diesen, die Luftmatratze, Angelzeug, Taschenlampe, Brotzeitbeutel und die Paddel so in dem Boot, dass möglichst nichts herausfallen konnte und lud sich dann das ganze auf die Schultern. Er brauchte eine Weile, bis er die beste Tragestellung herausgefunden hatte, aber dann ging es besser als erwartet. Außerdem trieb ihn die Unruhe vorwärts und er gönnte sich nur ein einziges Mal ein kurzes Verschnaufen bis zur Quallenbucht.

Dort hatte er einige Probleme die kurzen aber steilen Felsen direkt über dem Wasser zu überwinden, aber dann paddelte er durch den Pfuhl aus Quallenleibern auf das brodelnde Meer zu. Seine Angst, von den Mördern des einsamen Mannes entdeckt zu werden, verlagerte sich jetzt wieder auf die aktuelle Gefahr, die von der Natur ausging. Doch sein vorsichtiges Hinaustasten aus der geschützten Bucht auf die Wellenberge vor ihm, verlief problemloser als befürchtet. Der Gummikajak folgte gutmütig der aufgezwungenen Berg- und Talfahrt. Schlimmstenfalls würde er ein bisschen seekrank werden.

Greimer war froh, dass er jetzt die Insel hinter sich lassen konnte und tauchte das Paddel in schneller Schlagfolge in das schwarze Wasser. Zunächst hielt er sich noch nahe der Küste, dann hatte er das Ende der Insel erreicht. Vor ihm lag offenes Meer. Bis zur nächsten Insel, die auf seinem Heimweg wie eine Boje Zielpunkt und moralische Unterstützung darstellte, waren es ungefähr 6-800 m. Hier war der Wellengang um einiges unangenehmer, weil unregelmäßig und unberechenbar. Zu allem Überfluss setzte heftiger Regen ein und das bislang noch schwarze Meerwasser gischtete weiß und der Sturm riss salzige Wasserfahnen über das Boot und seinen verzweifelt paddelnden Besitzer.

Schockähnlich befiel den bis dahin ganz zuversichtlichen Greimer die Angst, als er merkte, dass er trotz seiner Anstrengungen kaum vorwärts kam, aber immer mehr von seinem Kurs ab auf das offene Meer hinausgetrieben wurde. Landwind! Jetzt registrierte er auch erstmals bewusst, dass er mutterseelenallein war, wo sonst Dutzende von großen und kleinen Booten das Wasser bevölkerten, zeigte sich kein Segel, kein Passagierdampfer, kein Fischerboot am Horizont.

Hugo Greimer mobilisierte seine gesamten Kraftreserven und peitschte das Wasser mit seinen Paddelblättern. Aber Fortschritte konnte er nicht erkennen, obwohl er nun beinahe im rechten Winkel zu seinem bisherigen Kurs direkt gegen den Wind ankämpfte. Wenigstens hatte der Regen nachgelassen.

Und dann sah er mit unendlicher Erleichterung, wie vom Festland her hinter der Insel, auf der er genächtigt hatte, eine stattliche Motorjacht auftauchte, sich aber ziemlich nahe der Insel hielt, die er verzweifelt zu erreichen versuchte.

Er riss die Arme hoch, um sich bemerkbar zu machen, musste aber sofort mit dem Paddel sein Boot stabilisieren, so dass er nur mühsam mit einer Hand winken konnte. Als die Jacht bereits mit beträchtlicher Geschwindigkeit die Spitze der Insel erreicht und eine leichte Kursänderung entgegen seiner Position genommen hatte, stoppte sie plötzlich auf einem Wellenberg, verschwand für einige Augenblicke aus seinem Gesichtsfeld und tauchte dann wieder auf, den hochstehenden Bug in seine Richtung weisend.

Fünf Männer zeigten sich auf dem vom Regen geschützten Deck hinter dem Kajütenaufbau. Aufgeregt gestikulierend und fremdländisch auf ihn einschreiend warf man ihm schließlich ein Tau zu. Aber wenn er sich daran festhielt und sie zogen, stellte sich der Kajak quer und drohte zu kentern. Erst als die Männer auf der Jacht ein eigenes Schlauchboot zu Wasser ließen und einer von ihnen von dort aus den einsamen Paddler zu sich herüberzog, gelang das Manöver. Man hievte den Kajak an Bord und hüllte den erschöpften und ausgekühlten Greimer in eine Decke.

Ein italienischer Redeschwall ging auf den Geretteten nieder, der dem Tonfall nach ebenso aus Fragen wie aus Freudenbekundungen und milden Vorwürfen zusammengesetzt sein mochte.

Nachdem sich der erste Ansturm gelegt und man ihm ein großes Glas Grappa mit der gestenreichen Aufforderung, es nur in einem Zug hinunterzukippen, in die Hand gedrückt hatte, gab Greimer sich als „tedesco" zu erkennen und versuchte es dann mit englisch. Zumindest mit einem der Fünf gelang eine passable Verständigung. Greimer berichtete von seinem Exkurs zu der Insel und dass er sein Boot, um überhaupt eine Chance zum Wegkommen zu haben, bis zu der markanten Quallenbucht habe tragen müssen. Seine schaurige Entdeckung ließ er aber unerwähnt.

Der Englischsprachige berichtete seinen Kumpels in Abständen immer wieder mit weitaus reichhaltigerem Wortaufwand und entfachte damit meist ein wildes Diskussionsgetümmel. Greimer schien es, als habe die Erwähnung der Quallenansammlung in dem Felseinschnitt zu einem besonders heftigen Meinungsaustausch geführt – oder war es die Beschreibung der Bucht, die das verstärkte Palaver ausgelöst hatte?

„Haben Sie irgendjemanden gesehen auf der Insel?"

Da war sie, die Frage! Aber dann folgte: „Ein alter Freund von uns lebt dort nämlich mit seinem Hund."

Und nun brach es befreit aus Greimer heraus. Die ganze Anspannung und Angst der letzten Stunden löste sich in dem Bericht, den er gab, wie er die Türe verschlossen gefunden habe, aber dann durch das Fenster ... und der Hund, erschossen ...

Die jugoslawische Polizei, an die sich Frau Greimer in ihrer Sorge um ihren Mann auf der einsamen Insel gewandt hatte, ließ sich bis zum Abflauen der Bora Zeit. Der Gummikajak wurde kieloben drei Tage später von einem Fischerboot knapp 10 Kilometer vor der Küste entdeckt.

Vom gleichen Autor erschienen

Der Erzähler

Bei seinen weitgehend autobiografischen Erzählungen
scheint seine ehemalige berufliche Tätigkeit als Professor
für Vermessungstechnik ebenso durch wie seine alpine
Vergangenheit – sein Buch „Mit Seil und Haken" steht
sogar in der Bayerischen Staatsbibliothek – und seine vor
20 Jahren geweckte schauspielerische Leidenschaft.

Verlag: BoD
ISBN: 978-3-8370-3264-2